Lew Tolstoi

Der lebende Leichnam

Drama

Tolstoi, Lew

Der lebende Leichnam

ISBN: 978-3-86267-544-9

Auflage: 1
Erscheinungsjahr: 2012
Erscheinungsort: Bremen, Deutschland

Europäischer Literaturverlag GmbH, Fahrenheitstr. 1, 28359 Bremen (www.elvverlag.de). Übersetzung: August Scholz. Die Orthografie wurde an die neue deutsche Rechtschreibung angepasst und die Interpunktion behutsam modernisiert.

Cover: Ausschnitt aus dem Gemälde »Im Wintergarten« (1879) von Edouard Manet.

Der lebende Leichnam

www.elv-verlag.de

Inhalt

Personen 7

Erstes Bild... 9

Zweites Bild 21

Drittes Bild 28

Viertes Bild.. 32

Fünftes Bild 39

Sechstes Bild... 50

Siebentes Bild... 60

Achtes Bild 67

Neuntes Bild 75

Zehntes Bild 83

Elftes Bild 86

Zwölftes Bild.. 97

Personen

Feodor Wasiljewitsch Protasow *(Fedja)*
Jelisaweta Andrejewna *(Lisa, seine Frau)*
Mischa *(der kleine Sohn der beiden)*
Anna Pawlowna *(Lisas Mutter)*
Sascha *(Lisas Schwester)*
Viktor Michajlowitsch Karenin *(Lisas zweiter Gatte)*
Anna Dmitrijewna *(seine Mutter)*
Fürst Sergej Dmitrijewitsch Abreskow
Mascha *(eine junge Zigeunerin)*
Iwan Makarowitsch *(ihr Vater)*
Nastasja Iwanowna *(ihre Mutter)*
Ein Musiker
Ein Offizier
Ein Zigeuner
Eine Zigeunerin
Ein Arzt
Michail Alexandrowitsch Afremow, Stachow, Butkewitsch, Korotkow *(Fedjas Freunde)*
Iwan Petrowitsch Alexandrow *(ein Trunkenbold)*
Wosnjesenskij *(Sekretär Karenins)*
Petuschkow *(ein verbummelter Maler)*
Artemjew
Kellner im Restaurant
Kellner in der Schenke
Der Schenkwirt

Ein Polizist
Der Untersuchungsrichter
Melnikow *(ein Bekannter)*
Der Protokollführer
Ein Gerichtsdiener
Ein junger Advokat
Petruschin *(Fedjas Advokat)*
Eine Dame
Ein Offizier
Kinderfrau bei Protasows
Dienstmädchen bei Protasows
Lakai bei Protasows
Lakai bei Afremow
Lakai bei Karenins
Gäste in der Schenke Zigeuner und Zigeunerinnen *(Chor)*
Advokaten, Zuschauer
Richter
Zeugen
Ein Arzt

Erstes Bild

Residenz, Wohnung der Protasows. Die Bühne stellt ein kleines Speisezimmer dar. Anna Pawlowna, eine volle, grauhaarige Dame, sitzt im Korsett allein am Teetisch. Die Kinderfrau kommt mit der Teekanne.

Kinderfrau: Darf ich mir etwas heißes Wasser nehmen?

Anna Pawlowna: Bitte. Was macht der kleine Mischa?

Kinderfrau: Er ist unruhig. Nichts ist schlimmer, als wenn die Damen selbst nähren wollen. Sie haben ihren Kummer und Gram, und das Kind leidet darunter. Was für eine Milch muß solch eine Mutter haben, wenn sie in der Nacht nicht schläft und immer weint!

Anna Pawlowna: Sie scheint sich ja nun beruhigt zu haben.

Kinderfrau: Eine schöne Beruhigung. Nicht mehr zum Ansehen ist's. Immerzu hat sie was geschrieben und dabei geweint.

Sascha *kommt herein, zur Kinderfrau*: Lisa sucht sie.

Kinderfrau: Ich komm' schon. *Ab.*

Anna Pawlowna: Die Kinderfrau sagt, dass sie noch immer weint. Dass sie sich gar nicht beruhigen kann!

Sascha: Nein, Mama, Sie sind wirklich gut! Sie verlässt ihren Gatten, den Vater ihres Kindes – und Sie verlangen, dass sie ruhig sein soll!

Anna Pawlowna: Nicht ruhig – aber was geschehen ist, ist geschehen. Wenn ich als Mutter es nicht nur zugelassen habe, sondern sogar froh bin, dass meine Tochter sich von ihrem Manne trennt, so muss er wohl danach sein. Freuen sollte sie sich, statt sich zu grämen, dass sie einen so schlechten Menschen los wird.

Sascha: Wie können Sie nur so reden, Mama! Sie wissen doch, dass das nicht wahr ist. Er ist durchaus kein schlechter, sondern im Gegenteil ein ganz, ganz ausgezeichneter Mensch, trotz seiner Schwächen.

Anna Pawlowna: Ja, wirklich, ganz ausgezeichnet! Sobald er Geld in die Finger bekommt, mag es ihm oder sonst jemand gehören ...

Sascha: Er hat nie fremdes Geld angerührt, Mama!

Anna Pawlowna: Es war das Geld seiner Frau.

Sascha: Er hat aber sein ganzes Vermögen seiner Frau überlassen.

Anna Pawlowna: Sollte er's vielleicht behalten, wo er sich sagen muss, dass er alles durchbringen würde?

Sascha: Ob er es durchbringt oder nicht – ich weiß nur, dass eine Frau ihren Mann nicht verlassen soll, namentlich einen solchen Mann wie Fedja.

Anna Pawlowna: Nach deiner Meinung soll man also warten, bis er alles verjubelt hat und seine Zigeunerliebchen ins Haus bringt?

Sascha: Er hat keine Liebchen.

Anna Pawlowna: Das ist ja das Unglück, dass er euch alle förmlich behext hat. Nur bei mir verfangen seine Künste nicht: ich durchschaue ihn, und er weiß das. An Lisas Stelle hätte ich ihn nicht erst jetzt, sondern schon vor einem Jahr laufen lassen.

Sascha: Wie leicht Sie das so hinsagen!

Anna Pawlowna: Durchaus nicht leicht. Mir als Mutter fällt es keineswegs leicht, meine Tochter als geschiedene Frau zu sehen. Sei überzeugt, es fällt mir gar nicht leicht! Aber es ist doch immer besser so, als dass ihr junges Leben ganz verkümmert. Nein, ich danke Gott, dass sie jetzt einen Entschluss gefasst hat und dass alles zu Ende ist.

Sascha: Vielleicht ist auch noch nicht alles zu Ende.

Anna Pawlowna: Wie? Er braucht doch nur noch in die Scheidung einzuwilligen.

Sascha: Was ist daran so besonders gut?

Anna Pawlowna: Dass sie noch jung ist und noch glücklich werden kann.

Sascha: Ach Mama, das ist entsetzlich, was Sie da sagen; Lisa kann doch unmöglich einen andern Mann lieben!

Anna Pawlowna: Warum kann sie das nicht? Wenn sie erst frei ist ... Es werden sich Leute finden, die tausendmal besser sind als euer Fedja und sich glücklich schätzen werden, Lisa zur Frau zu bekommen.

Sascha: Mama, das ist nicht recht! Ich weiß, Sie denken an Viktor Karenin.

Anna Pawlowna: Warum soll ich nicht an ihn denken? Er liebt sie seit zehn Jahren, und sie liebt ihn.

Sascha: Sie liebt ihn wohl, aber nicht so wie ihren Gatten. Das ist eine Jugendfreundschaft.

Anna Pawlowna: Man kennt diese Jugendfreundschaften. Wenn nur die Hindernisse nicht wären! *Das Stubenmädchen tritt ein.* Was wollen Sie?

Stubenmädchen: Die gnädige Frau hat den Diener mit einem Brief zu Viktor Michajlowitsch geschickt.

Anna Pawlowna: Was für eine gnädige Frau?

Stubenmädchen: Jelisaweta Andrejewna, unsere gnädige Frau.

Anna Pawlowna: Nun, und was weiter?

Stubenmädchen: Viktor Michajlowitsch lassen sagen, sie würden gleich selbst herkommen.

Anna Pawlowna *verwundert*: Soeben haben wir von ihm gesprochen. Ich verstehe nur nicht, warum ... *zu Sascha*: Weißt du es nicht?

Sascha: Vielleicht weiß ich es, vielleicht auch nicht.

Anna Pawlowna: Immer Geheimnisse!

Sascha: Lisa kommt gleich, sie wird es Ihnen sagen.

Anna Pawlowna *kopfschüttelnd zu dem Stubenmädchen*: Der Samowar muss angewärmt werden. Nimm ihn hinaus, Dunjascha.

Das Stubenmädchen nimmt den Samowar und geht hinaus.

Anna Pawlowna *zu Sascha, die sich erhoben hat und gehen will*: Es ist so gekommen, wie ich sagte: Sie hat eben nach ihm geschickt.

Sascha: Jetzt, in diesem Augenblick, gilt ihr Karenin vielleicht nicht mehr als das Stubenmädchen.

Anna Pawlowna: Nein, nein, du wirst sehen. Ich kenne sie. Sie ruft ihn. Sie bedarf des Trostes.

Sascha: Ach, Mama, wie wenig kennen Sie Lisa, dass Sie das annehmen können!

Anna Pawlowna: Nun, du wirst sehen! Und ich bin sehr, sehr froh darüber.

Sascha: Wir werden ja sehen. Sie geht, eine Melodie trällernd, ab.

Anna Pawlowna *allein, schüttelt den Kopf und murmelt vor sich hin*: Recht so, lasst sie nur; recht so, lasst sie nur. Ja …

Stubenmädchen *tritt ein*: Viktor Michajlowitsch sind da.

Anna Pawlowna: Nun, was weiter? Bitte ihn, einzutreten, und sag es der gnädigen Frau.

Das Stubenmädchen ab durch eine nach innen führende Tür.

Viktor Karenin *tritt ein, begrüßt Anna Pawlowna*: Jelisaweta Andrejewna schrieb mir, ich möchte herkommen. Ich beabsichtigte ohnedies, heute Abend vorzusprechen, und ich war sehr erfreut … Befindet sich Jelisaweta Andrejewna wohl?

Anna Pawlowna: Ich danke; das Kind ist etwas unruhig. Sie wird gleich erscheinen. Betrübt : Ja, ja, es ist eine schwere Zeit. Sie wissen alles.

Karenin: Ja. Ich war vorgestern hier, als sein Brief ankam. Ist es denn nun unwiderruflich beschlossen?

Anna Pawlowna: Aber ich bitte Sie – selbstverständlich! Alles das noch einmal durchzumachen, wäre entsetzlich.

Karenin: Da heißt es doch zehnmal ansetzen, bevor man den Schnitt führt. Es ist nicht so leicht, so ins lebendige Fleisch zu schneiden.

Anna Pawlowna: Gewiss ist's nicht leicht. Aber ihre Ehe war längst angeschnitten. Es war bei weitem nicht so schwer, sie zu zerreißen, als man meinen könnte. Er sieht es selbst ein, dass er nach allem, was vorgefallen, nicht mehr zurückkehren kann.

Karenin: Warum nicht?

Anna Pawlowna: Aber wie können Sie das nur annehmen, nach allen seinen gemeinen Streichen – nachdem er geschworen, dass das nicht mehr vorkommen wird und, wenn es doch noch einmal vorkommt, dass er dann freiwillig auf alle Rechte eines Gatten verzichtet und ihr die volle Freiheit wiedergibt!

Karenin: Ja – aber was bedeutet die Freiheit einer Frau, die durch die Ehe gebunden ist?

Anna Pawlowna: Diese Ehe wird gelöst werden. Er hat versprochen, in die Scheidung einzuwilligen, und wir bestehen darauf.

Karenin: Aber Jelisaweta Andrejewna hat ihn doch so geliebt!

Anna Pawlowna: Ach, ihre Liebe war so harten Prüfungen unterworfen, dass von ihr kaum noch etwas übrig ist. Er ist ein Trunkenbold, er hat sie belogen und betrogen. Kann sie einen solchen Mann noch lieben?

Karenin: Die Liebe verzeiht alles.

Anna Pawlowna: Sie sagen: die Liebe – aber wie soll man denn einen solchen Waschlappen lieben, auf den man sich in keiner Hinsicht verlassen kann! Was er jetzt wieder angerichtet hat! Sie sieht nach den Tür und erzählt hastig: Der ganze Haushalt ist in Unordnung, alles ist verpfändet und kein Groschen im Hause. Der Onkel schickt endlich zweitausend Rubel, damit wenigstens die Zinsen bezahlt werden. Er verschwindet mit dem Geld und lässt sich nicht mehr sehen. Die Frau sitzt mit dem kranken Kind da und wartet und wartet, und endlich kommt ein Brief von ihm, sie solle ihm Wäsche und Kleider schicken.

Karenin: Ja, ja, ich weiß.

Sascha und Lisa treten ein.

Anna Pawlowna: Nun, siehst du – Viktor Michajlowitsch ist auf deinen Ruf erschienen.

Karenin: Ja … ich wurde allerdings ein wenig aufgehalten … *Begrüßt die Schwestern.*

Lisa: Ich danke Ihnen. Ich habe eine große Bitte an Sie. Ich habe niemand, an den ich mich sonst damit wenden könnte.

Karenin: Ich stehe gern zur Verfügung.

Lisa: Sie wissen ja alles.

Karenin: Ja, ich weiß alles.

Anna Pawlowna: Ich werde euch allein lassen. Zu Sascha: Komm, wir wollen sie allein lassen. Ab mit Sascha.

Lisa: Er hat mir einen Brief geschrieben, in dem er sagt, dass er unsere Beziehung als gelöst betrachtet. Ich war so … Sie hält mit Gewalt ihre Tränen zurück … so tief gekränkt, dass ich … Nun, mit einem Wort, ich entschloss mich, mit ihm zu brechen. Und ich antwortete ihm, dass ich seinen Vorschlag annehme.

Karenin: Und nun bereuen sie Ihren Entschluss wieder?

Lisa: Ja, ich fühle, dass es Unrecht war, was ich getan, dass ich mich nicht von ihm zu trennen vermag. Alles, nur das nicht! Nun, und … so wollte ich Sie bitten, Viktor, ihm diesen Brief zu überbringen … Geben sie ihm den Brief, und sagen Sie … und holen Sie ihn zurück …

Karenin *verwundert*: Ja, aber wie denn?

Lisa: Sagen Sie ihm, dass ich ihn bitte, alles zu vergessen und nach Hause zurückzukehren. Ich könnte ihm einfach den Brief hinschicken. Doch ich kenne ihn: Die erste Regung ist, wie immer, gut, dann aber kommt irgendein fremder Einfluss dazwischen, er wird andern Sinnes und handelt anders, als er wollte.

Karenin: Ich will tun, was ich kann.

Lisa: Sie wundern sich vielleicht, dass ich gerade Sie darum bitte …

Karenin: Nein … das heißt, ich will aufrichtig sein; ja, ich wundere mich ...

Lisa: Aber Sie sind mir nicht böse?

Karenin: Kann ich Ihnen überhaupt böse sein?

Lisa: Ich habe Sie deshalb darum gebeten, weil ich weiß, dass Sie ihn lieben.

Karenin: Ihn und Sie. Sie wissen das. Es geschieht um Ihretwillen, dass ich ihn liebe, und ich danke Ihnen dafür, dass Sie mir vertrauen. Ich werde tun, was ich vermag.

Lisa: Ich weiß es. Ich werde Ihnen alles sagen: Ich war heute bei Afremow, um in Erfahrung zu bringen, wo er sich aufhält. Man sagte mir, er sei zu den Zigeunern gefahren. Und das gerade ist's, was ich fürchte, diesen Reiz des Fantastischen, Ungebundenen. Ich weiß, wenn er nicht zur rechten Zeit zurückgehalten wird, gerät er ganz auf Abwege. Das muss verhindert werden. Sie wollen also hinfahren?

Karenin: Gewiss, sofort.

Lisa: Fahren Sie hin, suchen Sie ihn auf, und sagen Sie ihm, dass alles vergessen ist, dass ich ihn erwarte.

Karenin *erhebt sich*: Aber wo soll ich ihn suchen?

Lisa: Er ist bei den Zigeunern. Ich bin selbst dort gewesen. Ich stand auf der Treppe und wollte ihm den Brief hineinschicken, doch besann ich mich anders, und entschloss mich, Sie zu bitten … Hier ist die Adresse. Sagen Sie ihm also, dass er zurückkehren soll, dass alles gut, alles vergessen ist. Tun sie es aus Liebe zu ihm und aus Freundschaft für mich.

Karenin: Ich werde alles tun, was ich vermag. Verneigt sich und geht.

Lisa *allein*: Ich kann nicht, ich kann nicht. Alles lieber als das … ich kann nicht.

Sascha *tritt ein*: Nun, hast du hingeschickt? Lisa nickt bejahend mit dem Kopf. Und er sucht ihn wirklich auf?

Lisa: Natürlich.

Sascha: Warum gerade ihn? Das begreife ich nicht.

Lisa: Wen denn sonst?

Sascha: Du weißt doch, dass er in dich verliebt ist.

Lisa: Das war einmal und ist längst vorüber. Wen, meinst du, hätte ich sonst darum bitten sollen? Glaubst du, dass er zurückkommt?

Sascha: Ich bin davon überzeugt, weil er doch …

Anna Pawlowna *tritt ein, Sascha hält inne*: Wo ist Viktor Michajlowitsch?

Lisa: Er ist fort.

Anna Pawlowna: Wohin denn?

Lisa: Ich habe ihn gebeten, etwas für mich zu besorgen.

Anna Pawlowna: Etwas zu besorgen? Warum so geheimnisvoll?

Lisa: Durchaus nicht geheimnisvoll. Ich habe ihn gebeten, Fedja persönlich einen Brief zu übergeben.

Anna Pawlowna: Wem? Fedja? Deinem Mann?

Lisa: Ja.

Anna Pawlowna: Ich dachte, ihr hättet alle Beziehungen zueinander abgebrochen?

Lisa: Ich kann mich nicht von ihm trennen.

Anna Pawlowna: Wie? Dann soll also wieder alles von vorn anfangen?

Lisa: Ich wollte ein Ende machen, ich habe es versucht, aber ich kann nicht. Alles, was Sie wollen, nur keine Trennung von ihm.

Anna Pawlowna: Du willst also, dass er wieder zurückkommt?

Lisa: Ja.

Anna Pawlowna: Du willst diesen abscheulichen Menschen wieder zu dir ins Haus nehmen?

Lisa: Mama, ich bitte Sie, von meinem Gatten nicht in diesem Ton zu reden,

Anna Pawlowna: Er *war* dein Gatte.

Lisa: Nein, er ist es noch.

Anna Pawlowna: Dieser Verschwender, dieser Trunkenbold, dieser Wüstling – kannst du dich wirklich nicht von ihm trennen?!

Lisa: Warum quälen Sie mich so, Mama? Ich habe es ohnedies schwer genug, und Sie scheinen es darauf angelegt zu haben, es mir noch schwerer zu machen.

Anna Pawlowna: Ich quäle dich? Gut, dann kann ich ja gehen. Ich kann das hier nicht mehr mit ansehen. Lisa schweigt. Ich sehe, dass ihr mich hier nicht haben wollt, dass ich euch im Wege bin. Ist das ein Leben! Ich kann euch nicht begreifen; jeden Augenblick etwas Neues! Erst willst du dich scheiden lassen, dann fällt dir plötzlich ein, diesen Menschen kommen zu lassen, der in dich verliebt ist …

Lisa: Das ist nicht der Fall.

Anna Pawlowna: Wie denn? Karenin hat dir doch einen Antrag gemacht – und du schickst ihn als Boten zu deinem Mann! Willst du vielleicht seine Eifersucht wecken?

Lisa: Mama, das ist schrecklich, was Sie da sagen. Lassen Sie mich!

Anna Pawlowna: Recht so – deine Mutter jagst du aus dem Hause, und den liederlichen Herrn Gemahl holst du dir feierlich zurück. Ich geh' schon, ich gehe. Lebt wohl, Gott segne euch. Macht, was ihr wollt. *Geht, die Tür hinter sich zuschlagend.*

Lisa *sinkt auf einen Stuhl*: Das fehlte noch!

Sascha: Nimm's nicht so schwer – alles wird wieder gut werden. Wir werden Mama schon wieder besänftigen.

Anna Pawlowna geht vorüber: Dunjaschka, meinen Reisekoffer!

Sascha: Mama, so hören Sie doch … *folgt, der Schwester zublinzelnd* … Anna Pawlowna.

Vorhang

Zweites Bild

Zimmer bei den Zigeunern. Der Chor singt das Lied »Kon'a wella«. Fedja liegt in Hemdsärmeln auf dem Diwan, das Gesicht nach oben gewandt. Afremow sitzt gegenüber dem Vorsänger rittlings auf einem Stuhl. Am Tisch ein Offizier; auf dem Tisch eine Flasche Sekt mit Gläsern. An demselben Tisch sitzt ein Musiker, der sich Notizen macht.

Afremow: Fedja, schläfst du?

Fedja *erhebt sich*: Schwatzt nicht! Jetzt kommt »Das Abendrot« …

Zigeuner: Noch nicht, Feodor Wasiljewitsch. Jetzt wird erst Mascha ein Solo singen.

Fedja: Gut – aber dann müsst ihr »Das Abendrot« singen. *Streckt sich wieder aus.*

Offizier: »Denkst du des Tags« schlag' ich vor.

Zigeuner: Ist's den Herren recht?

Afremow: Nur zu!

Offizier *zum Musiker*: Was haben Sie da notiert?

Musiker: Man kommt nicht mit. Jedes Mal singen sie es anders, immer in einer anderen Tonart. Hier zum Beispiel. *Er ruft die anderen heran; zu einer Zigeunerin, die hinsieht*: Stimmt das so? *Er singt.*

Zigeunerin: Ganz richtig! Sehr gut!

Fedja *erhebt sich*: Einen schönen Unsinn wird der zusammennotieren – die ganze Oper wird er sich verhunzen. Nun, Mascha, leg los, sing »Denkst du des Tags«! Nimm die Gitarre dazu! *Steht auf, setzt sich gerade vor sie hin und sieht ihr in die Augen. Mascha singt.*

Fedja: Wundervoll! Bravo, Mascha! Nun, und jetzt kommt »Das Abendrot«.

Afremow: Nein, halt mal – erst kommt mein »Grablied«!

Offizier: Warum nennen sie es ein »Grablied?«

Afremow: Weil ich in meinem Testament verfüge, dass Zigeuner dieses Lied bei meinem Begräbnis singen sollen.

Sobald sie loslegen: »Schelme werste …« – spring' ich aus dem Grabe und bin wieder lebendig. Verstehst du? *Zum Musiker*: Das müssen Sie sich notieren! … Nun, leg los! *Die Zigeuner singen.* Ach, war das schön! Und jetzt singt: »Ei, ihr wackren Burschen mein!«

Die Zigeuner singen. Afremow singt allein zwischen zwei Strophen, die der Chor singt. Die Zigeuner lächeln, applaudieren und fahren dann fort zu singen. Afremow setzt sich; das Lied ist zu Ende.

Die Zigeuner: Bravo, Michael Andrejewitsch – wie ein richtiger Zigeuner!

Fedja: Nun, jetzt singt endlich »Das Abendrot«. *Die Zigeuner singen.* Das nenn' ich ein Lied! Herrlich, himmlisch, wunderbar! Was alles drinliegt! Wie einen das begeistert – dass man nicht ewig so in Entzücken schwelgen kann!

Musiker *notiert*: Ja, sehr originell,

Fedja: Originell, sagen Sie? Echt ist's vor allem, echt!

Afremow: Nun, jetzt könnt ihr ausruhen. *Nimmt die Gitarre und setzt sich zu Katja.*

Musiker: Im Grunde genommen ist's ganz einfach, aber dieser Rhythmus!

Fedja *macht eine geringschätzige Handbewegung, geht dann zu Mascha und setzt sich neben sie auf den Diwan*: Ach, Mascha, Mascha, was hast du aus meinem Herzen gemacht!

Mascha: Was denn? Wissen Sie auch noch, um was ich Sie gebeten habe?

Fedja: Um Geld, meinst du? *Er nimmt Geld aus seiner Hosentasche.* Da, nimm! *Mascha lacht, nimmt das Geld und steckt es hinter ihr Brusttuch. Zu den Zigeunern*: Da soll sich ein Mensch auskennen: erst zaubert sie einem den Himmel vor, und dann bettelt sie um ein Trinkgeld. Du weißt ja gar nicht, Mädchen, was du tust!

Mascha: Ich weiß es schon, weiß das *eine* ganz sicher: wenn ich einen lieb habe, sing' ich für ihn ganz besonders schön.

Fedja: Hast du mich denn lieb?

Mascha: Ganz gewiss!

Fedja: Wie herrlich! *Küsst sie. Die Zigeuner und Zigeunerinnen gehen hinaus. Nur die Paare bleiben zurück. Afremow mit Katja, der Offizier mit Sascha und Fedja mit Mascha. Der Musiker schreibt. Ein Zigeuner klimpert einen Walzer auf der Gitarre.* Ich bin aber verheiratet. Der Chor wird dir's nicht erlauben …

Mascha: Was geht mich der Chor an? Ich höre nur auf mein Herz und liebe, wen ich will.

Fedja: Ach, ist mir wohl um's Herz! Und dir?

Mascha: Auch mir ist wohl. Wenn wir nette Gäste haben, muss uns doch wohl sein.

Zigeuner *tritt ein, zu Fedja*: Ein Herr fragt nach Ihnen.

Fedja: Was für ein Herr?

Zigeuner: Ich kenn' ihn nicht. Fein angezogen ist er, hat 'nen Zobelpelz.

Fedja: Ein feiner Herr! Gut, lass ihn eintreten.

Afremow: Wer sollte dich hier suchen?

Fedja: Weiß der liebe Himmel! Wer kann nach mir Sehnsucht haben? *Karenin tritt ein und sieht sich um.* Ah, Viktor! Dich hätte ich am wenigsten hier erwartet! Leg ab. Welcher Zufall führt dich hierher? Nun, nimm Platz! Willst Du mal das Lied vom »Abendrot« hören?

Karenin: Je voudrais vous parler sans témoins.

Fedja: Um was handelt es sich?

Karenin: Je viens de chez vous. Votre femme m'a chargé de cette lettre, et puis …

Fedja *nimmt den Brief, liest ihn, runzelt die Stirn und lächelt dann freundlich*: Sag mal, Karenin – du weißt, was in dem Briefe steht?

Karenin: Ich weiß es und ich will dir sagen …

Fedja: Halt, halt! Glaube zunächst mal nicht, ich sei betrunken und wisse nicht, was ich rede. Wenn ich auch einen Rausch habe – in dieser Sache sehe ich ganz klar. Nun also! Was sollst du mir ausrichten?

Karenin: Ich sollte dich aufsuchen und dir sagen, dass sie … dich erwartet. Ich soll dich bitten, alles zu vergessen und zu ihr zurückzukehren.

Fedja *hört ihn schweigend an und sieht ihm dabei in die Augen*: Ich verstehe nur nicht, warum gerade du …

Karenin: Jelisaweta Andrejewna schickte nach mir und ersuchte mich …

Fedja: Hm …

Karenin: Aber ich bitte dich nicht nur im Auftrage deiner Frau, sondern auch aus eigenem Antrieb: Komm mit mir nach Hause!

Fedja: Du bist besser als ich. Ach, Unsinn, was sag' ich: Besser als ich zu sein, ist nicht schwer, denn ich bin ein großer Taugenichts – du bist einfach ein guter, edler Mensch. Und schon das allein bestimmt mich, an meinem Entschlusse nichts zu ändern. Doch ist das nicht der einzige Grund: Ich kann es eben nicht tun und ich will es nicht tun … Wie kann ich in diesem Zustande jetzt dorthin gehen?

Karenin: Du kommst jetzt mit zu mir. Ich lasse ihr sagen, dass du zurückkehrst, und morgen …

Fedja: Und morgen was? Ich bleibe immer ich, sie bleibt sie. *Tritt an den Tisch und trinkt.* Es ist das beste, den Zahn sofort auszuziehen. Ich habe ihr gesagt, dass sie mir den Laufpass geben soll, wenn ich noch einmal mein Wort breche. Das ist geschehen – und so ist eben alles aus.

Karenin: Für dich, aber nicht für sie.

Fedja: Wie merkwürdig, dass gerade du dich so bemühst, uns wieder zusammenzubringen! *Karenin will etwas erwidern; Mascha tritt heran. Fedja fällt ihm ins Wort*: Hör mal jetzt zu, wie sie das »Lied vom Flachs« singt! Mascha!

Die Zigeuner versammeln sich.

Mascha *flüstert*: Wie heißt er denn?

Fedja *lacht*: Wie er heißt? Herr Viktor Michajlowitsch Karenin heißt er. *Die Zigeuner singen ein Begrüßungslied. Karenin hört verlegen zu und fragt leise, wie viel er geben soll*: Nun, gib fünfundzwanzig. *Karenin gibt das Geld.* Großartig! Jetzt das »Lied vom Flachs«!

Die Zigeuner singen. Karenin entfernt sich unbemerkt.

Fedja *sieht sich um*: Wo ist Karenin? Ausgerückt? Na, hol ihn der Teufel. *Die Zigeuner zerstreuen sich im Zimmer. Fedja setzt sich zu Mascha.* Weißt du, wer das ist?

Mascha: Ich hab' seinen Namen schon gehört.

Fedja: Das ist der anständigste Mensch unter der Sonne. Er wollte mich abholen – nach Hause, zu meiner Frau. Sie liebt mich Narren – und ich treib' hier solche Possen!

Mascha: Das ist sehr unrecht. Solltest doch hinfahren und sie nicht unglücklich machen.

Fedja: Du sagst, ich soll es tun – und ich sage: Nein, ich tu's nicht!

Mascha: Wenn du sie nicht lieb hast, hat's freilich keinen Sinn. Es ist ein eigen Ding um die Liebe.

Fedja: Woher weißt du das?

Mascha: Ich weiß es eben.

Fedja: Küsse mich, Mädchen! Und ihr … *zu den Zigeunern* … singt noch »Das Lied vom Flachs«, und dann macht Schluss! *Die Zigeuner stimmen ein Lied an.* Ach, ist das schön! Wenn man nur nicht wieder erwachte! Wenn man so sterben könnte!

Vorhang

Drittes Bild

Zwei Wochen später. Bei Lisa. Karenin und Anna Pawlowna sitzen im Speisezimmer. Sascha tritt ein.

Karenin: Nun, wie steht es?

Sascha: Der Arzt sagt, es sei jetzt keine Gefahr. Nur eine Erkältung müsse vermieden werden.

Anna Pawlowna: Nun, und Lisa ist ganz von Kräften.

Sascha: Er sagt, es sei ein leichter Fall von Angina. Was ist das? Zeigt nach einem Körbchen.

Anna Pawlowna: Weintrauben. Viktor hat sie mitgebracht.

Karenin: Darf ich bitten?

Sascha: Lisa isst gern Weintrauben. Sie ist sehr nervös geworden.

Karenin: Kein Wunder: zwei Nächte ohne Schlaf, ohne Nahrung!

Sascha *lächelnd*: Und Sie doch auch!

Karenin: Das ist etwas anderes.

Der Arzt und Lisa treten ein.

Der Arzt *eindringlich*: So machen wir's also: Wechseln Sie den Umschlag jede halbe Stunde, wenn er nicht schläft. Sollte er schlafen, dann stören sie ihn nicht. Das Einpinseln können Sie lassen. Und sorgen Sie für gleichmäßige Zimmertemperatur …

Lisa: Und wenn er wieder keine Luft bekommt?

Der Arzt: Das dürfte kaum wieder eintreten. Sollte es der Fall sein, dann nehmen Sie den Inhalationsapparat. Außerdem geben Sie von den Pulvern eins am Morgen und eins am Abend. Ich werde gleich das Rezept schreiben.

Anna Pawlowna: Wollen Sie nicht ein Glas Tee trinken, Doktor?

Der Arzt: Nein danke, meine Kranken warten.

Setzt sich an den Tisch. Sascha bringt Papier und Tinte.

Lisa: Es ist also wirklich nicht die Bräune?

Der Arzt *lächelnd*: Ganz ausgeschlossen. *Schreibt.*

Karenin *zu Lisa*: Nun, jetzt wird Ihnen aber ein Glas Tee guttun, oder, noch besser, gehen Sie und ruhen sie sich aus! Blicken Sie doch in den Spiegel, wie Sie aussehen!

Lisa: Jetzt bin ich wieder aufgelebt. Ich danke Ihnen. Da sieht man, was ein wahrer Freund ist! *Drückt ihm die Hand. Sascha geht unwillig auf die Seite.* Haben Sie Dank, lieber Freund. Sie haben mir wirklich …

Karenin: Was habe ich denn groß getan? Sie haben keinen Anlass, mir zu danken.

Lisa: Und wer hat seine Nächte geopfert, wer hat uns diese Kapazität zugeführt?

Karenin: Ich bin reichlich belohnt durch die Gewissheit, dass Mika außer Gefahr ist, und vor allem durch Ihre Güte.

Lisa drückt ihm nochmals die Hand und zeigt ihm lächelnd ein Goldstück, das sie in der Hand hält.

Lisa *lächelnd*: Das ist für den Arzt – nur weiß ich nie, wie man das gibt.

Karenin: Auch ich verstehe das nicht.

Anna Pawlowna: Was verstehen sie nicht?

Lisa: Wie man dem Arzt das Geld gibt. Er hat mir mehr als das Leben gerettet, und ich gebe ihm Geld! Es hat so etwas Peinliches …

Anna Pawlowna: Gib her, ich will es ihm geben. Ich verstehe mich darauf. Die Sache ist sehr einfach.

Der Arzt *erhebt sich und reicht das Rezept hin*: Diese Pulver also geben Sie ihm, in einem Esslöffel abgekochten Wassers aufgelöst, und dann … *Spricht weiter. Karenin trinkt Tee am Tisch. Anna Pawlowna und Sascha gehen nach vorn.*

Sascha: ich kann dieses Getue nicht mit ansehen. Sie scheint ganz verliebt in ihn.

Anna Pawlowna: Wunderst du dich darüber?

Sascha: Abscheulich!

Der Arzt verabschiedet sich von allen und geht hinaus. Anna Pawlowna begleitet ihn.

Lisa *zu Karenin*: Er ist jetzt so lieb. Sowie ihm besser wurde, begann er sogleich zu lächeln und zu plappern. Ich gehe jetzt zu ihm – und möchte doch auch von Ihnen nicht fortgehen.

Karenin: Trinken Sie erst Tee, essen Sie etwas.

Lisa: Ich habe jetzt nichts nötig. Mir ist jetzt so wohl nach all diesen Ängsten. Bricht in Schluchzen aus.

Karenin: Da sehen Sie, wie erschöpft Sie sind!

Lisa: Ich bin so glücklich! Wollen Sie ihn sehen?

Karenin: Sehr gern.

Lisa: Kommen Sie mit. *Beide ab.*

Anna Pawlowna *kehrt zu Sascha zurück*: Was guckst du so finster … Wie gern der Herr Doktor sein Geld nahm – schwapp, hatte er's weg!

Sascha: Einfach widerwärtig. Jetzt hat sie ihn gar ins Kinderzimmer mitgenommen. Als wenn es ihr Mann oder ihr Bräutigam wäre.

Anna Pawlowna: Was kümmert dich das? Warum regst du dich so auf? Oder willst du ihn vielleicht heiraten?

Sascha: Ich? Diese lange Latte? Lieber weiß Gotte wen, nur ihn nicht. Ich bin nie auch nur auf den Gedanken gekommen. Ich finde es nur unrecht, dass Lisa, die doch immer noch Fedjas Frau ist, mit einem fremden Manne auf so vertraulichem Fuße steht.

Anna Pawlowna: Er ist doch kein Fremder, er ist ihr Jugendfreund.

Sascha: Ich sehe es an ihrem Lächeln, ihren Blicken, dass sie ineinander verliebt sind.

Anna Pawlowna: Wunderst du dich darüber? Er hat ihr während der Krankheit des Kindes so viel Teilnahme gezeigt, stand ihr so hilfreich zur Seite – nun, da fühlt sie sich eben zu Dank verpflichtet. Im übrigen, warum sollte sie Viktor nicht lieb gewinnen und heiraten?

Sascha: Das wäre schrecklich! Abscheulich, abscheulich!

Karenin und Lisa treten ein. Karenin verabschiedet sich schweigend. Sascha unwillig ab.

Lisa *zur Mutter*: Was hat sie?

Anna Pawlowna: Ich weiß wirklich nicht.

Lisa seufzt wortlos.

Vorhang.

Viertes Bild

Afremows Kabinett, weingefüllte Gläser auf dem Tisch, Gäste. Afremow, Fedja, Stachow – ein Mann mit zottigem Haarwuchs,

Butkewitsch – mit glattrasiertem Gesicht, Korotkow – ein Mensch von schmarotzerhaftem Wesen.

Korotkow: Und ich sage euch, »La belle bois« macht das Rennen! Ich halte die Stute für das beste Pferd in Europa. Wetten?

Stachow: Rede nicht, alter Freund. Du weißt doch, dass niemand dir glaubt. Wer sollte mit dir wetten?

Korotkow: Ich sage dir, deine »Windrose« ist nichts dagegen!

Afremow: Zankt euch doch nicht. Ich will hier Frieden haben. Fragt Fedja, der ist ein Kenner.

Fedja: Beide Pferde sind gut. Es kommt auf den Reiter an.

Stachow: Gusew ist ein Halunke, dem muss man auf die Finger sehen.

Korotkow *schreit*: Absolut nicht!

Fedja: Regt euch nicht auf – ich will euren Streit schlichten. Wer hat das Derby gewonnen?

Korotkow: Ja doch, aber das hat gar nichts zu sagen, das war Zufall. Wenn Krakus nicht krank geworden wäre, siehst du …

Ein Lakai tritt ein.

Afremow: Was gibt's?

Lakai: Eine Dame ist da, sie fragt nach Feodor Wassiljewitsch.

Afremow: Was für eine Dame?

Lakai: Ich weiß es nicht. Eine richtige Dame ist's.

Afremow: Fedja, eine Dame will dich sprechen.

Fedja *erschrocken*: Wer ist's?

Afremow: Er weiß es nicht.

Lakai: Soll ich sie in den Salon führen?

Fedja: Wart, ich will erst sehen, wer es ist. *Ab.*

Korotkow: Wer mag's nur sein? Wahrscheinlich Mascha …

Stachow: Was für eine Mascha?

Korotkow: Mascha, die Zigeunerin – sie hat sich in ihn bis über die Ohren verliebt.

Stachow: Ein Prachtmädel. Und wie sie singt!

Afremow: Wundervoll! Sie und Tanjuscha – das sind unsere ersten Sterne. Gestern haben sie mit Piotr zusammen gesungen.

Stachow: Ein Glückspilz, dieser …

Afremow: Weil ihn die Weiber lieben? Ich schenke sie ihm alle.

Korotkow: Ich kann die Zigeunerinnen nicht leiden, ich finde nichts Schönes an ihnen.

Butkewitsch: Rede doch nicht!

Korotkow: Ich gebe sie alle für eine einzige Französin hin.

Afremow: Na ja, du bist auch als Feinschmecker bekannt. Ich will doch mal sehen, wer's ist. *Ab.*

Stachow: Wenn es Mascha ist, dann bring sie her, sie kann uns etwas vorsingen. Es ist jetzt nicht viel los mit den Zigeunern. Die Tanjuscha war früher mal ein Staatsweib, Teufel noch eins!

Butkewitsch: Sie machen ihre Sache doch nicht schlechter als früher.

Stachow: Meinst du? Sie singen keine richtigen Lieder mehr, sondern immer nur diese trivialen Romanzen.

Butkewitsch: Es gibt auch recht hübsche Romanzen.

Korotkow: Willst du wetten: Ich lasse sie etwas singen – und du wirst nicht erkennen, ob es ein Lied oder eine Romanze ist!

Stachow: Dieser Korotkow kann ohne wetten nicht leben!

Afremow *tritt ein*: Es ist nicht Mascha, meine Herren. Im Salon ist nicht aufgeräumt, er muss die Dame hier empfangen. Gehen wir ins Billardzimmer.

Alle ab. Fedja und Sascha treten ein.

Sascha *verwirrt*: Verzeih, lieber Fedja, wenn ich dir ungelegen komme, aber hör mich um Gottes willen an! Ihre Stimme zittert. *Fedja geht im Zimmer auf und ab; Sascha hat sich gesetzt und sieht ihn an.* Fedja, kehre nach Hause zurück!

Fedja: Ich kann dich sehr wohl verstehen, meine liebe, kleine Sascha, und ich würde an deiner Stelle ebenso handeln; ich würde nichts unversucht lassen, um alles wieder ins gleiche zu bringen. Aber wenn du, liebes, kleines Mädchen, in meiner Lage wärst – es klingt ja etwas sonderbar, was ich da sage –, du würdest bei deinem Zartgefühl sicherlich ebenso handeln wie ich: würdest deiner Wege gehen, um nicht fremdes Glück zu stören …

Sascha: Wieso zu stören? Kann den Lisa überhaupt ohne dich leben?

Fedja: Ach, Sascha, mein liebes Kind, sie kann es, sie kann es, und sie wird noch glücklich werden, weit glücklicher als mit mir!

Sascha: Niemals!

Fedja: Das scheint dir so. Er hält ihre Hand in der seinen. Doch sehen wir davon ab – die Hauptsache ist, ich kann nicht zurückkehren! Nimm ein Stück Pappe, siehst du, bieg es so oder so: Neunundneunzig mal biegst du es hin und her und es bleibt ganz, und beim hundertsten Male geht es entzwei. So war es zwischen mir und Lisa. Es ist mir gar zu peinlich, ihr in die Augen zu sehen. Und ihr geht es mit mir ebenso, glaub es!

Sascha: Nein, nein.

Fedja: Du sagst nein – und du weißt doch selbst, dass es so ist.

Sascha: Ich kann nur nach mir selbst urteilen: wenn ich an ihrer Stelle wäre und du so reden würdest, wie du jetzt redest – das wäre entsetzlich für mich.

Fedja: Ja, für dich …

Schweigen. Beide sind verlegen.

Sascha *erhebt sich*: Es soll also dabei bleiben?

Fedja: Es muss sein.

Sascha: Fedja, kehr zurück!

Fedja: Ich danke dir herzlich, meine liebe Sascha. Die Erinnerung an dich wird mir stets lieb und wert sein … Doch … leb wohl, du Gute! Lass mich dich küssen! *Küsst sie auf die Stirn.*

Sascha *bewegt*: Nein, ich will nicht Abschied nehmen, ich glaube es nicht und will es nicht glauben … Fedja …

Fedja: Nun, so höre denn. Aber gib mir dein Wort, dass du das, was ich dir sage, niemandem weitersagst. Gibst du mir dein Wort darauf?

Sascha: Selbstverständlich.

Fedja: So höre also, Sascha: Ich bin ihr Gatte, gewiss, und der Vater ihres Kindes – und doch bin ich für sie überflüssig … Halt, halt, unterbrich mich nicht! Du denkst, ich sei eifersüchtig: nicht im geringsten! Erstens habe ich kein Recht, es zu sein, und zweitens habe ich keinen Anlass dazu. Viktor Karenin ist ihr alter Freund und auch der meinige. Und er liebt sie und sie liebt ihn.

Sascha: Das ist nicht der Fall!

Fedja: Doch – sie liebt ihn, wie eben eine anständige, moralisch empfindende Frau die ihrem Gatten die eheliche Treue bewahrt. Aber sie wird ihn anders lieben, sobald dieses Hindernis ... *Er zeigt auf sich selbst* ... beseitigt sein wird. Und ich werde es beseitigen, und sie werden glücklich sein. *Seine Stimme zittert.*

Sascha: Fedja, sprich nicht so!

Fedja: Du weißt doch, dass die Sache so liegt, und ich werde mich freuen über ihr Glück und mir sagen, dass ich nichts Besseres tun konnte. Ich kehre nicht zurück, ich lasse ihnen jede Freiheit und bitte dich, ihnen das nur auszurichten. Und nun, sprich nicht, sprich nicht, und leb wohl!

Er küsst sie auf den Kopf und öffnet die Tür.

Sascha: Fedja, ich bin ganz hingerissen!

Fedja: Leb wohl, leb wohl! *Sascha ab.* Ganz vortrefflich, ganz ausgezeichnet! *Klingelt. Der Lakai erscheint.* Rufen Sie den Herrn ... Allein. So war's recht!

Afremow *tritt ein*: Nun, bist du mit ihr fertig geworden?

Fedja: Ganz famos! Sie hat beteuert, hat geschworen! Ganz ausgezeichnet. Wo sind die andern?

Afremow: Sie spielen Billard.

Fedja: Gut, gehen wir zu ihnen – ein Stündchen wollen wir uns noch bewilligen.

Vorhang.

Fünftes Bild

Elegantes Boudoir mit gewählter Einrichtung und zahlreichen Andenken. Anna Dmitrijewna Karenina, Viktors Mutter, eine fünfzigjährige Grande Dame, die sich ein wenig als Jugendliche gibt und häufig französische Brocken in ihre Rede einflicht, sitzt am Tisch und schreibt einen Brief. Ein Lakai tritt ein.

Lakai: Fürst Sergej Dmitrijewitsch!

Anna Dmitrijewna: Aber selbstverständlich!

Der Lakai ab. Anna Dmitrijewna dreht sich nach dem Spiegel um und glättet ihr Haar. Fürst Abreskow – ein eleganter, sechzigjähriger Junggeselle, bis auf den Schnurrbart glattrasiert, ein ehemaliger Militär, sehr respektabel, mit einem Stich ins Melancholische – tritt ein.

Fürst Abreskow: J'esp`re que je ne force pas la consigne. *Küsst ihr die Hand.*

Anna Dmitrijewna: Sie wissen, que vous êtes toujours le bienvenu. Und heute mehr denn je – Sie haben doch meinen Brief erhalten?

Fürst Abreskow: Gewiss – und hier ist die Antwort.

Anna Dmitrijewna: Ach, mein lieber Freund, il est ensorcelé! Positivement ensorcelé! Ich bin bei ihm nie einem solchen Eigensinn, einem solchen Trotz, einer solchen Rücksichtslosigkeit und Gleichgültigkeit gegen mich begegnet. Er ist wie umgewandelt, seit diese Frau sich von ihrem Manne getrennt hat.

Fürst Abreskow: Ja – was ist denn nun? Wie liegen die Dinge?

Anna Dmitrijewna: Er setzt alles daran, um sie zu heiraten.

Fürst Abreskow: Und ihr Mann?

Anna Dmitrijewna: Er ist bereit, sich scheiden zu lassen.

Fürst Abreskow: So–o!

Anna Dmitrijewna: Ja – darauf lässt er, Viktor, sich ein und hat jetzt den ganzen Schmutz auf dem Halse, die Advokaten, die Schuldbeweise … Tout cela est dégoûtant! Das alles widert ihn gar nicht an! Ich verstehe ihn nicht. Er, der sonst so feinfühlig, so schüchtern ist …

Fürst Abreskow: Er liebt sie. Wenn der Mensch wahrhaft liebt, dann …

Anna Dmitrijewna: Gewiss – aber warum konnte die Liebe denn nicht in unsern Tagen ein reines Gefühl bleiben, ein Freundschaftsverhältnis, das durchs ganze Leben anhielt? Eine solche Liebe kann ich verstehen und schätzen.

Fürst Abreskow: Das junge Geschlecht von heute lässt sich eben nicht mehr an den idealen Beziehungen genügen. La possession de l'âme ne leur suffit plus. Was fangen wir nun an, was soll mit ihm geschehen?

Anna Dmitrijewna: Ich möchte am liebsten gar nicht daran denken. Er ist wie behext, wie ausgewechselt. Sie wissen ja, dass ich bei diesen Leuten war – er bat mich so, und ich fuhr hin, traf sie aber nicht an und ließ nur meine Karte da. Elle m'a fait demander, si je pourrais la recevoir. Heute um zwei Uhr ... *Sie sieht auf die Uhr* ... wollte sie kommen, sie muss gleich da sein. Ich habe Viktor versprochen, sie zu empfangen, aber versetzen Sie sich in meine Lage! Ich wusste mir nicht mehr zu helfen und schickte nach alter Gewohnheit zu Ihnen. Ich bedarf Ihres Beistandes!

Fürst Abreskow: Ich danke Ihnen.

Anna Dmitrijewna: Sie werden begreifen, dass dieser Besuch für Viktors Schicksal von entscheidender Bedeutung ist. Ich muss entweder meine Einwilligung verweigern ... aber wie kann ich das?

Fürst Abreskow: Sie kennen sie noch gar nicht?

Anna Dmitrijewna: Ich habe sie nie gesehen. Aber ich fürchte mich vor ihr. Eine Frau, die ihren Mann, einen so guten Menschen, verlässt, kann unmöglich gut sein. Er ist ja Viktors Kollege gewesen und hat bei uns verkehrt. Er war ein reizender Mensch. Doch wie er auch gewesen sein mag – quels que soient les torts qu'il a eu vis-à-vis d'elle –, sie darf ihren Mann nicht verlassen, sie muss ihr Kreuz tragen. Das eine begreife ich nicht, wie Viktor es mit seinen Überzeugungen vereinigen kann, eine geschiedene Frau zu heiraten. Wie oft hat er, noch neuerdings, in meiner Gegenwart, die Meinung verfochten, dass die Ehescheidung dem Geiste des wahren Christentums widerspreche, und nun lässt er sich selbst auf so etwas ein! Si elle a pu le charmer à un tel point ... Ich fürchte mich wirklich vor ihr ... Doch nun habe ich Sie hergebeten, um Ihren Rat zu hören, und rede selbst in einem fort. Wie denken Sie über die Sache? Was soll nach Ihrer Meinung geschehen? Haben Sie mit Viktor gesprochen?

Fürst Abreskow: Ich habe mit ihm gesprochen. Und ich glaube, er liebt sie in einem Maße, dass er ganz von dieser Liebe beherrscht wird. Er ist ein Mensch, der für Gefühle schwer zugänglich ist, doch umso zäher an ihnen festhält. Was sich einmal in seinem Herzen eingenistet hat, das ist nicht wieder herauszubringen. Er wird nie eine andere lieben als sie und kann nicht glücklich werden mit einer andern.

Anna Dmitrijewna: Und wie gern würde ihn zum Beispiel Warja Kasanzewa heiraten! Was für ein Mädchen ist das, und wie liebt sie ihn ...

Fürst Abreskow *lächelt*: C'est compter sans son hôte. Das ist jetzt ganz ausgeschlossen. Und ich meine, es ist besser, nachzugeben und ihm bei der Verwirklichung seiner Heiratspläne zu helfen.

Anna Dmitrijewna: Eine geschiedene Frau soll er heiraten, deren erster Gatte ihm jeden Augenblick über den Weg läuft? Ich begreife nicht, wie Sie so ruhig darüber sprechen können. Kann eine Mutter ihrem Sohne – und noch dazu einem Sohne wie Viktor – wohl eine solche Partie wünschen?

Fürst Abreskow: Was ist da zu machen, liebe Freundin? Gewiss wäre es besser, er hätte ein Mädchen geheiratet, das Sie kennen und lieb haben, aber wenn das nicht geht ... Und dann, wenn er noch eine Zigeunerin heiraten wollte, oder sonst was in der Art ... Aber Lisa Protasowa ist ein sehr nettes, liebes Geschöpf. Ich kenne sie durch meine Nichte Nelli: Sie ist eine bescheidene, gutherzige, makellose Frau.

Anna Dmitrijewna: Eine makellose Frau, die ihrem Manne wegläuft!

Fürst Abreskow: Ich erkenne Sie nicht wieder! Sie sind nicht gut, Sie sind unbarmherzig! Ihr Mann gehört zu den Leuten, von denen man sagt, sie hätten außer sich selbst keinen Feind. Aber er ist in noch höherem Maße der Feind seiner Frau. Er ist ein schwacher, moralisch ganz gesunkener, dem Trunke ergebener Mensch. Er hat sein ganzes Vermögen und ihr ganzes Vermögen durchgebracht – sie hat ein Kind ... wie können Sie eine Frau verurteilen, die einen solchen Mann verlassen hat? Übrigens hat nicht sie *ihn*, sondern er *sie* verlassen.

Anna Dmitrijewna: Oh, welcher Schmutz, welcher Schmutz! Und ich soll mich damit besudeln!

Fürst Abreskow: Und Ihre Religion?

Anna Dmitrijewna: Ja, ja, wir sollen verzeihen – »wie auch wir vergeben unsern Schuldigern« ... Mais c'est plus fort que moi ...

Fürst Abreskow: Wie sollte sie weiterleben mit einem solchen Menschen? Und wenn sie auch keinen andern liebte, hätte sie diesen Schritt doch tun müssen. Schon um ihres Kindes willen. Er selbst, ihr Mann, der in nüchternem Zustand ganz brav und verständig ist, rät ihr, es zu tun.

Karenin tritt ein, küsst der Mutter die Hand und begrüßt den Fürsten Abreskow.

Karenin: Ich wollte Ihnen nur sagen, Mama: Jelisaweta Andrejewna wird gleich hier sein, und ich werde sie empfangen. Ich bitte Sie nur um eins, wenn Sie immer noch gegen meine Heirat sind …

Anna Dmitrijewna *fällt ihm ins Wort*: Gewiss bin ich dagegen!

Karenin *fährt finster fort*: Dann bitte ich Sie dringend, nichts davon zu sagen, dass Sie dagegen sind, und kein entscheidendes Wort in diesem Sinne zu sprechen.

Anna Dmitrijewna: Ich denke doch, dass von solchen Dingen überhaupt nicht gesprochen werden wird. Ich wenigstens werde auf keinen Fall davon anfangen.

Karenin: Und sie noch weniger. Ich wollte nur, dass Sie sie kennenlernen.

Anna Dmitrijewna: Ich kann nur eins nicht begreifen: Wie du deine Absicht, diese Frau Protasowa zu heiraten, deren Mann doch noch lebt, mit deiner religiösen Überzeugung in Einklang bringen kannst. Du hast doch die Ehescheidung stets als etwas Unchristliches bezeichnet!

Karenin: Mama, Sie sind unbarmherzig. Wir sind doch alle miteinander nicht so unfehlbar, dass unser Handeln nicht gelegentlich einmal von unserer Überzeugung abweicht, zumal das Leben so verwickelt ist. Warum sind Sie gegen mich so unerbittlich hart, Mama?

Anna Dmitrijewna: Ich liebe dich, und ich will dein Glück.

Karenin *zu Abreskow*: Sergej Dmitrijewitsch!

Fürst Abreskow: Gewiss, sie wollen sein Glück, aber wir mit unseren grauen Haaren können die Jugend nur noch schwer begreifen. Und besonders schwer mag das für eine Mutter sein, die über das Glück ihres Sohnes ihre eigene Ansicht hat. Alle Frauen sind so.

Anna Dmitrijewna: Ja, ja, reden sie nur. Alle sind gegen mich. Gewiss, du kannst es tun, vous êtes majeur … Aber mich machst du dadurch unglücklich.

Karenin: Ich erkenne Sie nicht wieder. Das ist mehr als grausam.

Fürst Abreskow *zu Karenin*: Hör auf, Viktor. Mama ist in ihren Worten strenger als in ihrem Handeln.

Anna Dmitrijewna: Ich werde sagen, was ich denke und fühle, und ich werde es sagen, ohne sie zu verletzen.

Fürst Abreskow: Davon bin ich überzeugt.

Ein Lakai tritt ein.

Anna Dmitrijewna: Da ist sie schon.

Karenin: Ich gehe.

Lakai: Jelisaweta Andrejewna Protasowa!

Karenin: Ich gehe jetzt. Mama, ich bitte Sie … *Ab.*

Fürst Abreskow erhebt sich gleichfalls.

Anna Dmitrijewna: Ich lasse bitten. *Zum Fürsten Abreskow.* Nein, bleiben Sie.

Fürst Abreskow: Ich meine, es wird Ihnen leichter fallen, sie unter vier Augen zu sprechen.

Anna Dmitrijewna: Nein, ich fürchte mich. *Geht nervös hin und her.* Wenn ich mit ihr allein bleiben will, werde ich Ihnen ein Zeichen geben, ça dépendra … Aber gleich von Anfang an so mit ihr zu zweien – das würde mich befangen machen. Ich werde dann so machen … *Macht ihm ein Zeichen.*

Fürst Abreskow: Einverstanden. Ich bin überzeugt, dass sie Ihnen gefallen wird. Nur seien Sie gerecht.

Anna Dmitrijewna: Wie ihr doch alle gegen mich seid! *Lisa tritt ein, im Hute, im Besuchskleid. Anna Dmitrijewna erhebt sich.* Es tat mir so leid, dass ich Sie neulich nicht traf – und nun haben Sie die Liebenswürdigkeit, selbst herzukommen!

Lisa: Ich hatte es gar nicht erwartet … Ich bin Ihnen so dankbar, dass Sie mich zu sehen wünschten.

Anna Dmitrijewna *zeigt nach dem Fürsten Abreskow*: Sie sind miteinander bekannt.

Fürst Abreskow: Gewiss, ich hatte die Ehre, vorgestellt zu werden. *Drückt Lisa die Hand und setzt sich.* Meine Nichte Nelli hat mir oft von Ihnen gesprochen.

Lisa: Ja, wir waren miteinander sehr befreundet. *Blickt schüchtern zu Anna Dmitrijewna hin.* Ich hatte nie erwartet, dass Sie den Wunsch haben würden, mich zu sehen.

Anna Dmitrijewna: Ich habe Ihren Mann gut gekannt. Er war mit Viktor befreundet und verkehrte in unserem

Hause, bevor er nach Tambow ging. Dort hat er Sie ja wohl geheiratet?

Lisa: Ja, wir haben dort geheiratet.

Anna Dmitrijewna: Als er dann wieder nach Moskau zurückkehrte, kam er nicht mehr zu mir.

Lisa: Nein, er hat fast nirgends verkehrt.

Anna Dmitrijewna: Und er hat mich auch nicht mit Ihnen bekannt gemacht. *Verlegenes Schweigen.*

Fürst Abreskow: Ich sah Sie das letzte Mal bei Denisows, an dem Theaterabend. Es war sehr nett da, Sie haben auch mitgespielt?

Lisa: Nein … das heißt: ja, gewiss, ich erinnere mich. Ich habe mitgespielt. *Erneutes Schweigen.* Verzeihen Sie, Anna Dmitrijewna, wenn Ihnen das unangenehm sein sollte, was ich sagen werde – aber ich verstehe es nicht, mich zu verstellen. Ich bin hierhergekommen, weil Viktor Michajlowitsch sagte … weil er, das heißt … weil Sie mich sehen wollten … es ist wohl am besten, alles zu sagen … Beginnt zu schluchzen Es ist mir so weh ums Herz … uns Sie sind so gut …

Fürst Abreskow: Ich werde lieber gehen.

Anna Dmitrijewna: Ja, gehen Sie.

Fürst Abreskow: Auf Wiedersehen! *Verabschiedet sich von beiden und geht.*

Anna Dmitrijewna: Hören Sie, Lisa … Ich weiß Ihren Vatersnamen nicht, und ich will ihn auch nicht wissen …

Lisa: Andrejewna …

Anna Dmitrijewna: Nun, das ist auch gleich – Lisa. Ich bedaure Sie, Sie sind mir sympathisch. Aber ich liebe Viktor. Ich liebe auf der ganzen Welt nur dieses eine Wesen. Ich kenne seine Seele so genau wie die meinige. Es ist eine stolze Seele. Schon als siebenjähriger Knabe war er stolz – nicht auf seinen Namen oder seinen Reichtum, sondern seine Reinheit, seine sittliche Unberührtheit, die er sich zu erhalten wusste. Er ist so rein wie ein junges Mädchen.

Lisa: Ich weiß es.

Anna Dmitrijewna: Er hat nie ein Weib geliebt. Sie sind die erste. Ich kann nicht sagen, dass ich nicht auf Sie eifersüchtig bin. Ich bin eifersüchtig. Aber wir Mütter – Ihr Söhnchen ist noch klein, Sie können das noch nicht so fühlen –, wir müssen nun einmal darauf gefasst sein, sie zu verlieren. Ich hatte mich darauf vorbereitet, ihn einer Frau zu überlassen, ohne eifersüchtig zu werden. Doch sollte es eine sein, die ebenso rein wäre wie er …

Lisa: Und ich … bin ich etwa …

Anna Dmitrijewna: Verzeihen Sie mir – ich weiß, Sie sind ohne Schuld, Sie sind unglücklich. Und ich kenne ihn: Er ist jetzt bereit, das zu tragen, und er wird es auch später tragen, ohne ein Wort zu sagen, aber er wird leiden … sein verletzter Stolz wird darunter leiden, und er wird nicht glücklich sein.

Lisa: Ich habe darüber nachgedacht.

Anna Dmitrijewna: Lisa, meine Liebe – Sie sind eine gute, verständige Frau, und wenn Sie ihn aufrichtig lieben, schätzen Sie sein Glück sicher höher als das Ihrige. Ist das aber der Fall, dann werden Sie gewiss nicht wollen, dass er sich bindet und später bereut, wenn er auch nie, nie ein Wort sagen wird.

Lisa: Ich weiß, dass er nie ein Wort sagen wird. Ich habe darüber nachgedacht und mir diese Frage vorgelegt. Und ich habe es ihm auch gesagt, aber was soll ich tun, wenn er mir darauf entgegnet, er wolle ohne mich nicht leben? Ich sagte zu ihm: Wir wollen Freunde bleiben, aber richten Sie es so ein, dass Sie Ihr reines Leben nicht mit meinem unreinen verbinden. Doch er wollte nichts davon hören.

Anna Dmitrijewna: Und will es auch jetzt nicht.

Lisa: Überreden Sie ihn, dass er von mir lassen soll. Ich liebe ihn um seines, nicht um meines Glückes willen. Helfen Sie mir nur, und hassen Sie mich nicht. Wir wollen ihn gemeinsam lieben und nur an sein Glück denken.

Anna Dmitrijewna: Ja, ja … ich habe Sie lieb gewonnen. *Küsst sie; Lisa weint.* Und doch … und doch … es ist furchtbar! Hätte er sich in Sie verliebt, bevor Sie verheiratet waren …

Lisa: Er sagt, er habe mich damals schon geliebt, doch habe er dem Glück eines anderen nicht in den Weg treten wollen.

Anna Dmitrijewna: Ach, wie schrecklich ist das alles! Aber wir wollen einander bei alledem doch recht lieb haben, Gott wird uns schon helfen, das Rechte zu finden.

Karenin *tritt ein*: Meine gute Mama! Ich habe alles gehört. Sie haben sie lieb gewonnen – ich habe es nicht anders erwartet. Alles wird nun gut werden.

Lisa: Sie haben alles gehört – wie peinlich ist mir das! Ich hätte es nicht gesagt …

Anna Dmitrijewna: Nun, es ist noch nichts entschieden. Ich kann nur so viel sagen: Wenn nicht alle diese widrigen Umstände wären, würde ich mich freuen … *Küsst sie.*

Karenin: Bleiben Sie, bitte, bei dieser Meinung.

Vorhang.

Sechstes Bild

Ein ärmlich eingerichtetes Zimmer, ein Bett, ein Schreibtisch, ein Diwan, Fedja allein am Schreibtisch. Es klopft an der Tür. Eine weibliche Stimme hinter der Tür: »Warum hast du dich eingeschlossen, Feodor Wasijewitsch? So mach doch auf, Fedja …«

Fedja *öffnet die Tür*: Wie nett, dass du gekommen bist! Ich langweile mich ganz entsetzlich.

Mascha: Warum bist du nicht bei uns gewesen? Du trinkst wohl wieder einmal? Ach, du! Und dabei hast du versprochen, es zu lassen!

Fedja: Du weißt, dass ich kein Geld habe.

Mascha: Warum habe ich mich nun in dich verliebt?

Fedja: Mascha!

Mascha: Ach was, Mascha, Mascha! Wenn du mich wirklich liebtest, hättest du dich längst scheiden lassen. Auch jene drängen dich. Du sagst, dass du sie nicht liebst, und hängst doch immer noch an ihr fest. Du willst eben nicht …

Fedja: Du weißt doch, warum ich es nicht will.

Mascha: Ach, das ist alles Unsinn. Die Leute haben schon recht, wenn sie dich einen Schwätzer nennen.

Fedja: Was soll ich dir darauf antworten? Soll ich dir sagen, dass deine Worte mich schmerzen? Das kannst du dir selbst sagen.

Mascha: Gar nichts schmerzt dich …

Fedja: Du weißt selbst, dass mir einzig deine Liebe auf dieser Welt noch Freude macht.

Mascha: An meiner Liebe fehlt's nicht – aber du liebst mich nicht!

Fedja: Ich brauche dir nicht erst das Gegenteil zu versichern. Es hat keinen Zweck – du weißt selbst, wie es damit steht.

Mascha: Warum quälst du mich nur so, Fedja?

Fedja: Wie – ich soll *dich* quälen?

Mascha *weint*: Du bist nicht gut.

Fedja *tritt auf sie zu und umarmt sie*: Mascha! Warum weinst du? Hör doch auf! Leben muss man und nicht jammern! Du hast am wenigsten Ursache dazu, mein herziges, schönes Kind.

Mascha: Liebst du mich?

Fedja: Wen sollte ich sonst noch lieben?

Mascha: Keine außer mir ... Nun lies, was du geschrieben hast.

Fedja: Es wird dich langweilen.

Mascha: Wenn du es geschrieben hast, wird's schon gut sein.

Fedja: Hör also. *Er liest.* »Ich hatte mich im Spätherbst mit einem Freunde verabredet, dass wir uns am Muryga-Plateau treffen wollten. Dieses Plateau war mit kräftigem Wald bestanden, der reiche Beute versprach. Der Nebel ...«

In der Tür erscheinen Maschas Eltern, der alte Zigeuner Iwan Makarowitsch und die Zigeunerin Nastasja Iwanowna.

Nastasja Iwanowna *tritt auf ihre Tochter zu*: Hierher läufst du also, du Frauenzimmer, du Herumtreiberin! Habe die Ehre, gnädiger Herr! *Zur Tochter*: Was fällt dir eigentlich ein – he?

Iwan Nakarowitsch *zu Fedja*: Nicht schön ist's, was du tust, Herr! Machst das Mädel nur unglücklich. Nein, gar nicht schön ist's von dir!

Nastasja Iwanowna: Nimm dein Tuch um, und marsch nach Hause! Weggelaufen ist sie uns. Was soll ich dem Chor sagen? Lässt sich mit solchem Habenichts ein! Was hast du von dem?

Mascha: Ich habe mich mit niemandem eingelassen. Ich liebe den Herrn, weiter nichts. Ich will auch im Chor bleiben und singen, aber dass ...

Iwan Nakarowitsch: Red noch ein Wort, dann reiß ich dir den Zopf aus. Du Dirne! Von wem hast du das gelernt? Von deinen Eltern und Verwandten gewiss nicht. Und von dir, Herr, ist's schlecht gehandelt. Wir haben dich gern gehabt, haben dir so manches Mal umsonst was vorgesungen, weil du uns leid getan hast. Und wie hast du's uns vergolten?

Nastasja Iwanowna: Um nichts hast du unsere Tochter zugrunde gerichtet, unser Goldkind, unsere Einzige, unsern Augapfel, unsere Herrliche, Unschätzbare! In den Schmutz hast du sie getreten – so hast du's uns vergolten! Du hast keinen Gott im Herzen!

Fedja: Du hast mich in falschem Verdacht, Nastasja Iwanowna – deine Tochter ist mir wie eine Schwester. Ihre Ehre ist mir heilig, denke nichts Schlimmes von uns. Und dass ich sie lieb habe – dafür kann ich nicht.

Iwan Nakarowitsch: Als Sie noch Geld hatten, haben Sie sie nicht geliebt. Hätten Sie damals zehntausend Rubel für den Chor gespendet, dann hätten Sie sie in Ehren bekommen. Jetzt, wo Sie alles durchgebracht haben, entführen Sie sie heimlich. Eine Schande ist's, Herr, eine Schande!

Mascha: Er hat mich nicht entführt, ich bin selbst zu ihm gekommen. Und wenn ihr mich jetzt wegbringt, geh' ich doch wieder zu ihm. Ich liebe ihn, abgemacht, und meine Liebe ist stärker als alle eure Schlösser. Ich will ihn eben lieben.

Nastasja Iwanowna: Nun, meine Maschenka, mein Herzblättchen, sei nicht trotzig. Es war nicht recht von dir – nun, komm schon!

Iwan Nakarowitsch: Rede nicht erst lange. Marsch! *Nimmt Mascha bei der Hand.* Leben Sie wohl, Herr!

Alle drei ab. Fürst Abreskow tritt ein.

Fürst Abreskow: Verzeihen Sie – ich bin wider Willen Zeuge einer peinlichen Szene geworden.

Fedja: Mit wem habe ich die Ehre? ... *Erkennt ihn.* Ah, Fürst Sergej Dmitrijewitsch! *Begrüßt ihn.*

Fürst Abreskow: Einer unangenehmen Szene, ja – ich wünschte wohl, dass ich nichts gehört hätte. Doch da ich es einmal gehört habe, halte ich es für meine Pflicht, zu sagen, dass ich es gehört habe. Man hatte mich hierher gewiesen, und ich musste an der Tür warten, bis diese Herrschaften gegangen waren, umso mehr, als mein Klopfen wohl über den sehr lauten Stimmen nicht gehört wurde.

Fedja: Ja, ja. Bitte näher zu treten. Ich danke Ihnen, dass Sie mir das mitgeteilt haben, das gibt mir ein Recht, Ihnen diese Szene zu erklären. Was Sie dabei über mich denken, ist mir gleich. Ich möchte Ihnen jedoch von vornherein bemerken, dass die Vorwürfe, die, wie Sie hörten, dem jungen Mädchen gemacht wurden, ganz ungerecht sind. Sie ist eine Zigeunerin, die im Chor mitsingt. Sie ist in sittlicher Beziehung ohne Makel. Meine Beziehungen zu ihr sind rein freundschaftliche, und wenn vielleicht ein gewisser poetischer Hauch darauf ruht, so kann dies der weiblichen Ehre dieses Mädchens nichts anhaben. Das ist's, was ich Ihnen sagen wollte … Womit kann ich Ihnen sonst dienen? Was verschafft mir die Ehre?

Fürst Abreskow: Ich wollte mir zunächst gestatten …

Fedja: Verzeihen Sie, Fürst – meine gesellschaftliche Stellung ist eine solche und meine Bekanntschaft mit Ihnen eine so oberflächliche, dass ich nur annehmen kann, Ihr Besuch gelte irgendeiner geschäftlichen Angelegenheit. Um was handelt es sich also?

Fürst Abreskow: Sie haben es erraten: Ich habe allerdings ein Anliegen an Sie. Aber ich bitte Sie, überzeugt zu sein, dass die Veränderung Ihrer gesellschaftlichen Stellung in keiner Weise mein Verhalten gegen Sie beeinflussen kann.

Fedja: Ich bin vollkommen überzeugt davon.

Fürst Abreskow: Es handelt sich darum, dass meine alte Freundin Anna Dmitrijewna Karenina und ihr Sohn mich gebeten haben, von Ihnen persönlich in Erfahrung zu bringen, in welchem Verhältnis – Sie gestatten mir wohl, diesen Ausdruck anzuwenden – Sie zu Ihrer Gattin Elisaweta Andrejewna Protasowa stehen.

Fedja: Mein Verhältnis zu meiner Gattin – ich kann wohl sagen: zu meiner früheren Gattin – ist vollkommen gelöst.

Fürst Abreskow: Das hatte ich auch angenommen. Und nur unter dieser Voraussetzung habe ich diese schwierige Mission übernommen.

Fedja: Ich beeile mich, zu erklären, dass nicht sie die Schuld daran trägt, sondern ich allein, dass ich schuldig bin im weitesten Sinne des Wortes. Sie bleibt eine makellose Frau, wie sie es immer gewesen ist.

Fürst Abreskow: Und nun bin ich von Viktor Karenin, besonders aber von seiner Mutter ersucht worden, mich bei Ihnen nach Ihren weiteren Absichten zu erkundigen.

Fedja *hitzig*: Was für Absichten? Ich habe gar keine Absichten. Ich habe sie ganz freigegeben. Und noch mehr: Ich werde ihre Ruhe niemals stören. Ich weiß, dass sie Viktor Karenin liebt – mir ist's recht. Ich halte ihn für einen sehr langweilen, doch dabei sehr guten und ehrenhaften Menschen, und ich glaube, dass sie mit ihm, wie man zu sagen pflegt, glücklich sein wird. Que le bon Die les bénisse – das ist alles, was ich sagen kann.

Fürst Abreskow: Ja, aber wir möchten …

Fedja *fällt ihm ins Wort*: Glaube Sie ja nicht, dass ich auch nur eine Spur von Eifersucht empfinde. Wenn ich Viktor langweilig nannte, so nehme ich das Wort zurück. Er ist ein vortrefflicher, ehrenhafter, durch und durch moralischer Mensch, fast das gerade Gegenteil von mir. Er liebt sie seit ihrer Kindheit, und vielleicht liebte auch sie ihn schon, als sie mich heiratete. Solch eine Liebe, von der niemand etwas weiß, hat oft den allergrößten Reiz. Sie hat ihn nach meiner Ansicht stets geliebt, aber als anständige

Frau wagte sie das nicht einmal sich selber einzugestehen. Doch es lag wie ein Schatten über unserem Eheleben … übrigens, ich mache Ihnen da Geständnisse …

Fürst Abreskow: Ich bitte Sie, weiterzusprechen. Glaube Sie mir, dass der Wunsch, in diesen Dingen ganz klarzusehen, für mich in erster Linie bestimmend war, als ich mich zu diesem Besuch bei Ihnen entschloss. Ich verstehe Sie. Ich begreife, dass ein solcher Schatten, wie Sie es zutreffend nannten, vorhanden sein konnte.

Fedja: Ja, er war vorhanden; vielleicht war das der Grund, dass das Glück, welches sie mir gab, mich nicht befriedigte und dass ich auf der Suche nach dem Glück auf Abwege geriet. Doch das klingt fast, als wollte ich mich rechtfertigen. Das will ich nicht, und das kann ich auch nicht. Ich war ein schlechter Ehemann – war es, kann ich getrost sagen, denn in meinem Bewusstsein bin ich längst nicht mehr ihr Gatte. Sie ist nach meiner Auffassung in jeder Beziehung frei. Das ist die Antwort, die ich Ihnen, soweit Ihre Mission in Betracht kommt, zu geben vermag.

Fürst Abreskow: Ja, aber Sie kennen Viktors Familie und ihn selbst. Seine Beziehungen zu Jelisaweta Andrejewna waren stets die allerehrbarsten und werden es stets bleiben. Er hat ihr beigestanden, als sie in schwieriger Lage war.

Fedja: Ja, ich habe durch mein Lotterleben ihre Annäherung gefördert. Was ist da schon zu machen, es hat wohl so sein sollen.

Fürst Abreskow: Sie wissen, dass er sowohl wie seine Familie sich zu streng rechtgläubigen Ansichten bekennen. Ich teile diese Ansichten nicht. Ich sehe die Dinge von einem weniger engen Gesichtspunkt an, doch achte und begreife ich ihren Standpunkt. Ich begreife, dass für ihn, und namentlich für seine Mutter, eine Verbindung zwischen Mann und Frau ohne den Segen der Kirche undenkbar ist.

Fedja: Ich kenne seine ... primitiv konservative Auffassung dieser Dinge. Was wünschen die Herrschaften also? Die Scheidung! Ich habe ihnen längst erklärt, dass ich bereit bin, mich scheiden zu lassen, aber die Bedingung, dass ich formell und feierlich alle Schuld auf mich nehmen soll, samt all der Lüge, die damit verbunden ist, erscheint mir doch gar zu drückend.

Fürst Abreskow: Ich verstehe Sie vollkommen und teile Ihre Auffassung. Aber was soll geschehen? Ich meine, es wird sich doch irgendwie arrangieren lassen. Aber, wie gesagt: Sie haben vollkommen recht. Es ist eine starke Zumutung, und ich begreife Sie.

Fedja *drückt ihm die Hand*: Ich danke Ihnen, lieber Fürst. Ich kannte Sie stets als einen Mann von ehrenwerter, edler Gesinnung. Sagen Sie also – was soll ich tun? Wozu raten Sie mir? Versetzen Sie sich einmal in meine Lage! Ich will nicht besser erscheinen, als ich bin. Ich bin ein Taugenichts, gewiss. Aber es gibt Dinge, die ich nicht so ohne weiteres fertigbekomme. Ich bekomme es zum Beispiel nicht fertig, zu lügen.

Fürst Abreskow: Ich muss mich über Sie wundern. Sie sind ein Mann von Fähigkeiten, ein guter Kopf und besitzen ein so feines Gefühl für das, was gut und recht ist. Wie konnten Sie so auf Abwege geraten und vergessen, was

Sie sich selbst schuldig sind? Wie war es möglich, dass Sie sich selbst so zugrunde gerichtet haben?

Fedja *bewegt, sucht seine Tränen zurückzuhalten*: Zehn Jahre schon führe ich dieses lasterhafte Leben und zum ersten Mal in dieser ganzen langen Zeit hat ein Mann wie Sie mir seine Teilnahme gezeigt. Nur meine Zechkumpane – und die Weiber – haben mich sonst bedauert, aber dass ein verständiger, guter Mensch wie Sie so mit mir spricht … Ich danke Ihnen! … Wie ich so weit sinken konnte? Da ist zunächst mal der Branntwein … Nicht, als ob er mir besonders schmeckte – aber wenn ich so über mich und mein Leben nachdenke, dann fühle ich jedes Mal, dass alles verfehlt ist, und dann schäme ich mich so. Auch jetzt, da ich mit Ihnen rede, schäme ich mich. Den Adelsmarschall zu spielen, im Aufsichtsrat einer Bank zu sitzen – das alles scheint mir ein Anlass, sich zu schämen. Trinkt man, dann verliert sich dieses Schamgefühl. Na, und die Musik – nicht die hohe Oper oder Beethoven, sondern die Zigeunermusik –, die belebt einen so, flößt einem solches Kraftgefühl ein. Und dazu kommen noch ein Paar liebe schwarze Augen und ein holdes Lächeln. Und je tiefer einen das packt, je mehr es einen anzieht – desto mehr schämt man sich dann nachträglich.

Fürst Abreskow: Nun, und die Arbeit?

Fedja: Auch damit hab' ich's versucht. Aber ich taugte nicht dazu, fand keine Befriedigung darin. Doch was erzähl' ich Ihnen da von mir – ich danke Ihnen!

Fürst Abreskow: Was soll ich also sagen?

Fedja: Sagen Sie, ich würde ihren Wunsch erfüllen. Sie wollen heiraten, wollen, dass jedes Ehehindernis beseitigt würde?

Fürst Abreskow: So ist's ...

Fedja: Ich werde das Meinige dazu tun. Sagen Sie, ich würde es bestimmt tun.

Fürst Abreskow: Wann?

Fedja: Warten Sie mal: sagen wir, innerhalb vierzehn Tagen. Genügt das?

Fürst Abreskow *erhebt sich*: Darf ich das ausrichten?

Fedja: Ja, Sie dürfen es. Leben Sie wohl, Fürst – nochmals meinen Dank.

Fürst Abreskow ab.

Fedja *sitzt eine ganze Weile schweigend da, lächelt*: Vortrefflich, ganz vortrefflich! Es muss sein, es muss sein, es muss sein! Ganz famos!

Vorhang

Siebentes Bild

Besonderes Kabinett in einem Restaurant. – Ein Kellner führt Fedja herein.

Kellner: Hierher, bitte. Hier wird Sie niemand stören. Das Papier bring' ich sofort.

Iwan Petrowitsch Alexandrow *tritt ein*: Protasow! Darf ich hereinkommen?

Fedja *ernst*: Bitte, komm herein: ich bin freilich beschäftigt … aber komm nur.

Iwan Petrowitsch: Du schreibst ihnen wohl die Antwort auf ihre Forderungen? Ich will sie dir diktieren – ich würde nicht einen Zollbreit nachgeben. Ich sage meine Meinung immer geraden heraus und handle mit Entschlossenheit.

Fedja *zum Kellner*: Eine Flasche Champagner! *Der Kellner entfernt sich; Fedja zieht einen Revolver aus der Tasche und legt ihn neben sich.* Wart ein Weilchen.

Iwan Petrowitsch: Was ist das? Erschießen willst du dich? Das ist gar nicht dumm – ich verstehe dich: Sie wollen dich demütigen, du aber wirst ihnen zeigen, wer du bist! Dich wird die Kugel töten, sie aber deine Großmut. Oh, ich begreife dich, ich begreife überhaupt alles, weil ich nämlich ein Genie bin.

Fedja: Gewiss, gewiss. Nur … *Der Kellner bringt eine Flasche Champagner sowie Papier und Tinte. Fedja bedeckt den Revolver mit einer Serviette.* Entkorke sie! Lass uns trinken! *Sie trinken; dann beginnt Fedja zu schreiben.* Wart ein Weilchen.

Iwan Petrowitsch: Auf deine … große Wanderfahrt! Ich stehe über der Sache. Ich werde dich nicht zurückhalten. Ich stehe jenseits von Leben und Tod. Ich sterbe im Leben und lebe im Tode. Du tötest dich, damit zwei Menschen Gewissensbisse empfinden. Und ich … ich werde mich töten, damit die ganze Welt begreift, was sie verloren hat. Ich werde nicht schwanken, nicht überlegen – ein Griff ergreift den Revolver … ein Knall – und alles ist vorbei. Aber es ist noch zu früh … Legt den Revolver zurück. Schreiben würde ich überhaupt nichts, mögen sie's von selbst begreifen! … Ach, ihr …

Fedja *schreibt*: Wart ein Weilchen …

Iwan Petrowitsch: Ein jämmerliches Pack, diese Menschen – wie sie herumwimmeln, wie sie sich abrackern! Und nichts begreifen sie, rein gar nichts! Ich rede nicht zu dir, ich äußere nur so meine Gedanken. Was ist's denn, was der Menschheit not tut? Nur sehr wenig: dass sie ihre Genies zu würdigen weiß. Und sie hat ihre Genies zu allen Zeiten gekreuzigt, ins Exil getrieben, gefoltert … Nein, ich will nicht euer Spielzeug sein. Ich werde eure ganze Niedertracht enthüllen. Wartet, ihr Heuchler!

Fedja *hat zu Ende geschrieben, leert sein Glas und liest für sich, was er geschrieben hat*: Nun geh, bitte.

Iwan Petrowitsch: Gehen, sagst du? Nun denn, leb wohl. Ich halte dich nicht zurück. Auch ich werde diesen Weg gehen – doch ist's noch zu früh. Ich will dir nur sagen …

Fedja: Ja, mein Lieber, du wirst es mir sagen … aber später. Jetzt hätte ich eine Bitte an dich: Übergib doch das hier … *Gibt ihm Geld* … dem Wirt und frage nach, ob nicht ein Brief oder sonst etwas für mich angekommen ist. Tu mir den Gefallen.

Iwan Petrowitsch: Schön. Du wartest also, bis ich zurück bin? Ich habe dir noch etwas sehr Wichtiges zu sagen. Etwas, was du nicht nur in dieser Welt, sondern auch im

Jenseits nicht zu hören bekommen wirst, ehe ich nicht drüben angelangt bin … Soll er das Ganze haben?

Fedja: Soviel er zu bekommen hat. *Iwan Petrowitsch ab. Fedja atmet erleichtert auf und verschließt hinter Iwan Nakarowitsch Petrowitsch die Tür. Dann nimmt er den Revolver, spannt den Hahn, setzt die Waffe an die Schläfe, erschauert und lässt die Hand mit der Waffe sinken, brüllt auf*: Nein, ich kann nicht, ich kann nicht, ich kann nicht! *Es klopft an die Tür*. Wer ist da?

Mascha *hinter der Tür*: Ich.

Fedja: Wer denn? Ah, Mascha! *Öffnet die Tür*.

Mascha: Ich war bei dir, bei Popow, bei Afremow, und dann dachte ich mir, dass du hier sein könntest. *Sieht den Revolver*. Das ist ja schön! Nein, bist du dumm! Zu dumm! Willst du dich wirklich …

Fedja: Ich bring' es nicht fertig.

Mascha: Und an mich denkst du gar nicht? Ach, du gottloser Mensch! Was aus mir wird, ist ihm ganz gleich! Ach, Feodor Wasiljewitsch, wie sündhaft ist das! Das ist der Lohn für meine Liebe!

Fedja: Ich wollte sie freigeben, hab's ihnen versprochen … Und ich kann nicht lügen.

Mascha: Und ich?

Fedja: Was ist mit dir? Auch du würdest frei werden. Willst du dich noch weiter mit mir herumquälen?

Mascha: Gewiss will ich das. Ich kann nicht ohne dich leben.

Fedja: Was für ein Leben wirst du mit mir führen! Und so wirst du eine Zeit lang weinen und den Schmerz überwinden.

Mascha: Gar nicht werde ich weinen! Hol dich der Teufel, wenn dir so wenig an mir liegt. *Weint.*

Fedja: Mascha, meine Herzensfreundin – ich wollt's doch so machen, wie es am besten wäre!

Mascha: Ja – für dich am besten!

Fedja *lächelt*: Wieso denn für mich, wenn ich mich doch töte!?

Mascha: Gewiss ist's für dich so am besten. Sag, was bezweckst du eigentlich damit?

Fedja: Was ich damit bezwecke? Sehr vieles.

Mascha: Was denn? Was?

Fedja: Zunächst hab' ich ein Versprechen gegeben, und das muss ich halten. Ich kann nicht lügen, kann diese widerwärtigen Förmlichkeiten nicht erfüllen, die die Scheidung nötig macht ...

Mascha: Was ist denn daran so widerwärtig?

Fedja: Frei werden sollen sie doch, das habe ich nun einmal beschlossen. Warum sie noch länger auf die Folter spannen – zwei so vortreffliche Menschen ...

Mascha: Möcht' wissen, was an ihr so vortrefflich ist – wenn sie dich verlassen konnte?

Fedja: Nicht sie hat mich verlassen: Ich bin von ihr gegangen.

Mascha: Nun ja, schon gut, schon gut. Du hast alle Schuld, und sie ist ein Engel. Hast du sonst noch was zu sagen?

Fedja: Höchstens noch das eine, dass du ein gutes, liebes Mädel bist und dass ich dich liebe, aber dich unglücklich machen würde, wenn ich am Leben bliebe.

Mascha: Das ist nicht mehr deine Sache. Dass ich unglücklich werde, weiß ich auch ohnedies.

Fedja *seufzt*: Vor allem … was ist mein Leben? Ich sehe doch selbst, dass ich ganz herunter bin und zu nichts mehr tauge. Aller Welt bin ich eine Last und mir selbst am meisten, wie dein Vater sagt. Unnütz und überflüssig.

Mascha: Unsinn! Ich hab' dich nun mal lieb gewonnen und lasse nicht von dir. Und dass du ein schlechtes Leben führst, dass du trinkst und herumschwärmst – nun, du bist doch ein lebendiger Mensch, gewöhn dir's doch ab!

Fedja: Das ist leicht gesagt.

Mascha: Tu's doch!

Fedja: Wenn ich dich so ansehe, glaube ich fast, dass es mit mir noch anders werden könnte.

Mascha: Ganz sicher. Wirst sehen, alles kann noch gut werden. Sieht den Brief. Was ist das? Du hast ihnen geschrieben? Was hast du geschrieben?

Fedja: Was ich geschrieben habe? … *Nimmt den Brief und will ihn zerreißen.* Es ist jetzt nicht mehr nötig.

Mascha *entreißt ihm den Brief*: Du hast wohl geschrieben, dass du dich umgebracht hast? Hast du was von der Pistole geschrieben? Oder nur so, vom Umbringen?

Fedja: Ich schrieb, dass ich aus dem Leben scheide.

Mascha: Gib her, gib her! Ich habe mal ein Buch gelesen – darin kommt einer vor, Rachmanow heißt er, glaub' ich, der will auch seine Frau freigeben und stellt sich, als sei er ertrunken … Kannst du schwimmen?

Fedja: Nein.

Mascha: Das ist gut. Du gibst deine Kleider her, alles, auch die Brieftasche.

Fedja: Wozu?

Mascha: Wart nur, wart, wart! Wir fahren nach deiner Wohnung, dort ziehst du dich um.

Fedja: Aber das ist doch … Betrug!

Mascha: Was tut's? Du warst baden, deine Kleider sind am Ufer geblieben. Und im Rock wird man deine Brieftasche finden und diesen Brief.

Fedja: Nun – und dann?

Mascha: Und dann? Dann reisen wir ab und freuen uns des Lebens.

Iwan Petrowitsch *tritt ein*: Ei, seht doch! Und der Revolver? Den behalt' ich für mich.

Mascha: Nimm ihn, nimm ihn – wir brauchen ihn nicht mehr.

Vorhang

Achtes Bild

Gastzimmer bei Protasows. Karenin und Lisa.

Karenin: Er hat es so bestimmt zugesagt, dass ich überzeugt bin, er wird sein Versprechen halten.

Lisa: Es ist mir peinlich, es zu sagen – aber ich gestehe es offen, dass ich mich jetzt erst innerlich frei fühle, nachdem ich von seinen Beziehungen zu dieser Zigeunerin gehört habe. Ich glaube nicht, dass das Eifersucht ist – es ist wirklich nur das Gefühl der Befreiung. Wie soll ich Ihnen das klarmachen ...

Karenin: Schon wieder »Ihnen«!

Lisa *lächelt*: Also dir. Aber lassen Sie ... lass mich dir sagen, was ich fühle. Was mich ganz besonders quälte, war, dass ich die Empfindung hatte, als sei meine Liebe zwischen zwein geteilt. Das bedeutet nichts anderes, als dass ich eine unmoralische Frau bin.

Karenin: Du – eine unmoralische Frau?

Lisa: Seit ich jedoch wusste, dass er es mit einer andern hält, dass er meiner nicht mehr bedarf, hatte ich das befreiende Gefühl, dass ich, ohne zu lügen, sagen kann, mein Herz gehöre Ihnen … … gehöre dir. Jetzt ist es Licht geworden in meiner Seele, und nur meine Lage bedrückt mich noch. Diese Scheidung … das quält einen alles so … diese Erwartung …

Karenin: Über kurz oder lang wird alles erledigt sein. Wir haben seine Zusage – und dann habe ich auch noch meinen Sekretär gebeten, mit dem Bittgesuch zu ihm zu gehen und ihn nicht eher zu verlassen, als bis er unterschrieben hat. Wenn ich ihn nicht besser kennen würde, müsste ich annehmen, dass er es absichtlich tut.

Lisa: Nein, das ist nicht der Fall. Es ist immer dasselbe bei ihm: seine Schwäche und seine Aufrichtigkeit. Er will nicht die Unwahrheit sagen. Es war vielleicht nicht richtig, ihm Geld zu schicken.

Karenin: Doch, es war besser so – die Sache hätte sonst leicht einen Aufenthalt erleiden können.

Lisa: Geld hat immer etwas Anrüchiges.

Karenin: Nun, er dürfte in diesem Punkte nicht so penibel sein.

Lisa: Was für Egoisten sind wir doch!

Karenin: Ja, ich bekenne mich als solchen. Aber daran bist du selbst schuld. Nach dieser langen, hoffnungslosen Wartezeit bin ich jetzt so glücklich. Und das Glück macht egoistisch. Du, nur du bist schuld.

Lisa: Nicht dir allein geht es so – auch ich fühle eine solche Seligkeit, ich schwelge in dieser Fülle des Glückes. Mein

Mika ist wieder gesund, und deine Mutter liebt mich, und du liebst mich – und ich vor allem – ich, ich liebe!

Karenin: Wirklich? Und du wirst es nicht bereuen? Wirst nicht anderen Sinnes werden?

Lisa: Von jenem Tage an hat sich alles in mir gewandelt.

Karenin: Und es kann sich nicht wieder wandeln?

Lisa: Niemals. Ich wünschte nur das eine: Dass die Vergangenheit für dich ebenso vollständig erledigt sein möchte wie für mich.

Die Kinderfrau erscheint mit dem Kleinen. Der Kleine geht zur Mutter hin, sie nimmt ihn auf den Schoß.

Karenin: Was für unglückliche Menschen sind wir doch!

Lisa: Wie denn? *Küsst das Kind.*

Karenin: Als du ihn geheiratet hattest und ich bei meiner Rückkehr aus dem Auslande dies erfuhr und dich für immer verloren zu haben glaubte, da war ich sehr unglücklich. Um so froher war ich, als ich dann erfuhr, dass du doch noch an mich dachtest. Schon damit war ich zufrieden. Als dann unsere Beziehungen sich freundschaftlich gestalteten und ich fühlte, dass du mir wohlgesinnt warst, dass in unserer Freundschaft ein winziges Fünkchen von einem Gefühl erglomm, das mehr als Freundschaft war, da war ich schon beinahe glücklich. Mich quälte nur der Gedanke, dass ich Fedja gegenüber nicht ehrlich sei. Doch ich war andererseits fest davon überzeugt, dass zwischen uns, so wie ich mich und dich kenne, jede andere Beziehung ausgeschlossen war als die einer ehrlichen Beziehung zwischen dem Freunde des Gatten und der Gattin. Und so machte ich mir darüber gar keine Gedanken und fand mich mit dem, was mir zuteil geworden, vollkommen ab. Als dann Fedja dich zu quälen begann und ich fühlte, dass ich dir eine Stütze bin und du Angst hast vor meiner Freundschaft, da war ich schon wirklich glücklich, und eine unbestimmte Hoffnung begann in mir zu keimen. Und als er dann vollends unmöglich wurde und du den Entschluss fasstest, ihn zu verlassen, als ich zum ersten Male dir alles gestand und du nicht »nein« sagtest, sondern in Tränen von mir gingst, da kannte mein Glück keine Grenzen, und wenn man mich gefragt hätte, was ich mir noch wünsche, dann hätte ich geantwortet: nichts. Doch nun zeigte sich die Möglichkeit, unser Leben zu vereinigen, mein Mutter gewann dich lieb, jene Möglichkeit begann sich zu verwirklichen, du sagtest mir, dass du mich geliebt hast und mich liebst, dann sagtest du mir noch, wie soeben, dass er für dich nicht existiere, dass du mich allein liebst – was, sollte man meinen –, was fehlte mir da noch am vollen Erdenglück? Und jetzt – jetzt quält mich die Vergangenheit, ich möchte, dass diese Vergangenheit nicht wäre, dass das, was an sie erinnert, nicht existierte ...

Lisa *vorwurfsvoll*: Viktor!

Karenin: Verzeih mir, Lisa! Das, was ich sage, sage ich darum, weil ich nicht will, dass in mir auch nur ein Gedanke wäre, der dir verborgen bleibt. Alles das habe ich absichtlich gesagt, um dir zu zeigen, wie schlecht ich bin, wie ich sehr wohl weiß, dass ich ein Egoist bin, dass ich mit mir selbst ringen und mich überwinden muss. Ich liebe ihn.

Lisa: So ist's recht! Von meiner Seite ist alles geschehen: Mein Herz schlägt nur für dich, nur du allein hast darin Raum, alles ist daraus verschwunden außer dir.

Karenin: Alles?

Lisa: Ja, alles, alles. Du kannst es glauben.

Lakai: Herr Wosnesenskij!

Karenin: Ah – er bringt die Antwort von Fedja.

Lisa *zu Karenin*: Lassen Sie ihn hier eintreten!

Karenin *erhebt sich und geht nach der Tür*: Endlich eine Antwort!

Lisa *übergibt das Kind der Kinderfrau*: Endlich! Wird sich nun alles entscheiden, Viktor? *Küsst ihn.*

Wosnesenskij tritt ein.

Karenin: Nun?

Wosnesenskij: Er war nicht zu Hause.

Karenin: Nicht zu Hause? Und er hat das Bittgesuch nicht unterschrieben?

Wosnesenskij: Das Bittgesuch ist nicht unterschrieben, doch ist ein Brief da, an Sie und Jelisaweta Andrejewna. *Zieht einen Brief aus der Tasche und reicht ihn Karenin.* Als ich nach seiner Wohnung kam, sagte man mir, er sei im Restaurant. Ich ging hin, und da sagte mir Feodor Wasiljewitsch, ich möchte in einer Stunde wiederkommen, dann würde ich eine Antwort vorfinden. Ich kam hin, und man gab mir diesen Brief …

Karenin: Nochmals Ausflüchte, Verschleppungen? Nein, das ist nicht mehr schön. Er ist wirklich tief gesunken.

Lisa: So lies doch – was schreibt er?

Karenin öffnet den Brief.

Wosnesenskij: Bedürfen Sie meiner noch?

Karenin: Nein, leben sie wohl. Ich danke Ihnen … *Stutzt, während er den Brief liest.*

Lisa: Was denn? Was ist denn?

Karenin: Das ist entsetzlich!

Lisa *greift nach dem Brief*: Lies!

Karenin *liest*: »Lisa und Viktor, ich wende mich an Euch beide. Ich will nicht lügen, indem ich Euch ›lieb‹ oder ›teuer‹ nenne. Ich kann das Gefühl der Bitterkeit und des Unwillens nicht verwinden – des Unwillens über mich selbst, der mich ergreift und mich peinigt, wenn ich an Euch, an Eure Liebe, an Euer Glück denke. Ich weiß alles. Ich weiß, dass ich als Ehemann das entscheidende Wort zu sprechen habe und dass es scheint, als halte ich Euch durch allerhand Quengeleien hin. C'est moi, qui suis l'intrus. Aber ich kann eben das Gefühl der Bitterkeit und der Kälte gegen Euch nicht loswerden. Theoretisch liebe ich Euch beide, namentlich Lisa, Lisanka – aber in Wirklichkeit bin ich mehr als kühl. Ich weiß, dass ich unrecht habe, doch ich kann nicht anders.«

Lisa: Was will er eigentlich?

Karenin *fährt fort zu lesen*: »Doch zur Sache. Eben dieses Gefühl, das mein Herz in zwei Teile zerspaltet, veranlasst mich – und zwar auf andere Weise, als Ihr es wolltet –, Euren Wunsch zu erfüllen. Zu lügen, eine alberne Komödie aufzuführen, die Leute im Konsistorium zu bestechen – alle solchen Gemeinheiten sind mir im höchsten Maße zuwider. Wie tief ich auch in anderer Beziehung stehen mag, an dieser Gemeinheit kann ich nicht teilnehmen, ich kann es einfach nicht. Es gibt aber einen anderen Ausweg, der sehr einfach ist und den ich auch einschlagen will: Ihr wollt heiraten, um glücklich zu werden, und ich stehe dem im Wege, also muss ich mich aus dem Wege schaffen.«

Lisa *fasst nach Karenins Arm*: Viktor!

Karenin *liest weiter*: »... aus dem Wege schaffen. Und das tue ich. Wenn Ihr diesen Brief in Händen habt, bin ich nicht mehr. PS. Es war nicht recht, dass Ihr mir zur Durchführung der Ehescheidung Geld geschickt habt. Das war mir sehr unangenehm, und es schickte sich nicht für Euch. Doch es ist nun eben geschehen. Ich habe so oft gefehlt, warum sollt nicht auch Ihr einmal einen Fehler machen? Das Geld geht wieder an Euch zurück. Mein Ausweg ist kürzer, billiger, einfacher und sicherer. Um eins bitte ich Euch: Seid mir nicht böse und behaltet mich in gutem Andenken. Und zum Schluss noch eine Bitte: Es lebt hier ein Uhrmacher Jewgenjew, könnt Ihr dem nicht auf die Beine helfen? Er ist ein schwacher Mensch, aber sehr brav. Lebt wohl. Fedja.«

Lisa: Er hat sich getötet! Ja ...

Karenin *klingelt und eilt in das Vorzimmer*: Rufen Sie Herrn Wosnesenskij zurück!

Lisa: Ich wusste es, wusste es! Fedja, mein lieber Fedja!

Karenin: Lisa!

Lisa: Es ist nicht wahr, nicht wahr, dass ich ihn nicht liebte und nicht liebe. Nur ihn allein habe ich geliebt und liebe ihn noch. Und ich habe ihn ins Unglück, in den Tod getrieben! Lass mich!

Wosnesenkij tritt ein.

Karenin: Wo ist Feodor Wasiljewitsch? Was hat man Ihnen gesagt?

Wosnesenskij: Man sagte mir, er sei am Morgen fortgegangen, habe diesen Brief zurückgelassen und sei nicht wiedergekehrt.

Karenin: Ich muss Genaueres wissen – ich verlasse Dich jetzt, Lisa.

Lisa: Verzeih mir, doch auch ich vermag nicht zu lügen. Lass mich jetzt allein. Geh, frag, was geschehen ist!

Vorhang

Neuntes Bild

Schmutziger Raum in einem Wirtshaus. An einem Tisch Gäste, die Tee oder Branntwein trinken. Im Vordergrund ein kleiner Tisch; an dem Tisch Fedja, der ganz heruntergekommen und zerlumpt aussieht, und Petuschkow, ein höflicher Mensch von sanftem Wesen, mit langem Haar, wie ein Geistlicher aussehend. Beide haben einen leichten Rausch.

Petuschkow: Ich verstehe, ich verstehe. Das nenne ich echte Liebe. Nun, und was weiter?

Fedja: Ich würde nichts sagen, wenn ein Mädchen unserer Kreise solche Gefühle offenbarte und für den mann, den sie liebt, alles opferte – aber eine Zigeunerin, die von Anfang an so erzogen wurde, dass sie nur an Erwerb und Gewinn denkt – ist bei der eine so reine, so selbstlose Liebe nicht geradezu überraschend? Alles gibt sie hin, nichts verlangt sie für sich. Dieser Kontrast vor allem!

Petuschkow: Ganz recht. Wir Maler nennen das »valeur« – wie das Rot erst dann recht zur Geltung kommt, wenn ringsum das Grün vorherrscht. Doch das nur nebenbei. Ich verstehe, ich verstehe.

Fedja: Ja, und das ist, glaube ich, die einzige gute Handlung, die ich auf dem Konto habe: dass ich ihre Liebe nicht missbrauchte. Und wissen Sie, warum?

Petuschkow: Aus Mitleid?

Fedja: Nein, nicht Mitleid war es, was ich für sie empfand. Sie war für mich stets etwas Heiliges, was ich nicht anzutasten wagte, und wenn sie sang – auch, und wie sang sie, und wie singt sie noch jetzt! –, da blickte ich nur so voll Anbetung zu ihr auf. Wenn ich sie nicht unglücklich gemacht habe, so geschah es darum, weil ich sie so innig liebte. Ja, ich habe sie wirklich geliebt – und das ist eine so schöne, schöne Erinnerung für mich. *Trinkt.*

Petuschkow: Ich verstehe, ich verstehe – so ideal!

Fedja: Ich kann es Ihnen ja sagen: ich habe auch so meine kleinen Liebschaften gehabt. Einmal war ich in eine schöne, vornehme Dame verliebt und ich liebte sie auf so hässliche, hündische Art und sie gab mir ein Rendezvous. Ich ging aber nicht hin, weil ich es dem Manne gegenüber für eine Gemeinheit hielt. Und es ist merkwürdig: Heute noch möcht' ich jedes Mal, wenn ich daran zurückdenke, mich darüber freuen und mir ein Lob erteilen, dass ich damals ehrenhaft gehandelt habe; in Wirklichkeit aber fühle ich Reue darüber, als hätte ich eine Sünde begangen. Hier aber, bei Mascha, ist das Gegenteil der Fall. Ich bin froh, so froh, dass ich mein Gefühl für sie durch keine Schuld entweiht habe. Ich kann noch tiefer sinken, ich kann ganz und gar verkommen …

Petuschkow: Ich verstehe, ich verstehe. Wo ist sie denn jetzt?

Fedja: Ich weiß es nicht. Und ich will es auch nicht wissen. Das sind alles Dinge, die einem andern Leben angehören. Ich will es mit meinem jetzigen Leben nicht vermischen.

Am hinteren Tisch lässt sich das Geschrei einer Frau vernehmen. Der Wirt erscheint mit einem Polizisten, und sie wird abgeführt. Fedja und Petuschkow beobachten schweigend die Szene.

Petuschkow *nachdem es am hinteren Tisch still geworden*: Ja, sie haben ein merkwürdiges Leben geführt.

Fedja: Im Gegenteil, ein sehr einfaches. Wer in den Kreisen, denen ich entstamme, geboren ist, der hat nur drei Möglichkeiten zur Auswahl. Entweder kann er ein Amt bekleiden, kann Geld verdienen und den Schmutz, in dem wir leben, vermehren – das war mir zuwider, oder vielleicht verstand ich es auch nicht, vor allem aber war es mir zuwider. Oder er kann diesen Schmutz bekämpfen, doch dazu muss er ein Held sein, und der bin ich nie gewesen. Oder aber drittens: Er sucht zu vergessen, wird liederlich, trinkt und singt – das habe ich getan, und so weit habe ich's damit gebracht.

Petuschkow: Nun, und das Familienleben? Ich wäre glücklich, wenn ich eine Frau hätte, die mich liebte. Mich hat meine Frau zugrunde gerichtet.

Fedja: Sie sagen Familienleben: Ja ... meine Gattin war eine ideale Frau. Sie ist noch am Leben. Doch was soll ich dir sagen: Es fehlen die Rosinen im Kuchen. Es war keine Harmonie in unserem Eheleben, verstehst du – es fehlte mir etwas darin – die Musik, das Spiel, denn ich wollte ja vergessen. Und da begann ich, über die Stränge zu schlagen, und vernachlässigte sie. Nun lieben wir die Menschen, siehst du, immer nur um des Guten willen, das wir ihnen antun, und hassen sie um des Bösen willen, das sie von uns erleiden. Und ich habe ihr sehr, sehr viel Böses angetan, während sie mich zu lieben schien.

Petuschkow: Warum sagen Sie »schien«?

Fedja: Weil ich mir nie darüber klar war: nie hat sie mir so tief ins Herz geschaut wie Mascha. Doch wie sollte sie auch: Sie trug ein Kind unterm Herzen, und sie nährte es – und ich trieb mich tagelang herum und kam betrunken nach Hause. Und darum eben, um des Unrechts willen, das ich an ihr beging, liebte ich sie immer weniger und weniger. *In begeistertem Ton.* Eben geht's mir durch den Kopf; darum liebe ich auch Mascha so herzlich: weil ich ihr immer nur Gutes tat und nie Böses. Ja, darum liebe ich sie. Und jene hab' ich gequält – nicht weil ich sie nicht liebte ... doch nein, ich habe sie nicht geliebt. Eifersüchtig war ich, ja – aber auch das ging vorüber.

Artemjew, ein Mann mit einer Kokarde, gefärbtem Schnurrbart und geflicktem Anzug, tritt an die beiden heran.

Artemjew: Guten Appetit! Verneigt sich vor Fedja. Na, haben Sie sich mit unserem Künstler bekannt gemacht?

Fedja *kühl*: Ja, wir kennen uns.

Artemjew *zu Petuschkow*: Hast du das Porträt fertig gemalt?

Petuschkow: Nein, ich kam damit nicht zu Rande.

Artemjew *setzt sich zu ihnen*: Ich störe doch nicht?

Fedja und Petuschkow schweigen.

Petuschkow: Feodor Wasiljewitsch erzählte von seinem Leben.

Artemjew: Geheimnisse? Dann will ich nicht stören. Ich reiß' mich um eure Gesellschaft nicht, ihr Schafsköpfe. *Setzt sich an den Nachbartisch und bestellt ein Glas Bier. Er be-*

lauscht die ganze Unterhaltung Fedjas und Petuschkows, indem er sich zu ihnen vorbeugt.

Fedja: Ich kann diesen Kerl nicht leiden.

Petuschkow: Er hat's übel genommen.

Fedja: Lassen Sie. Ich kann nicht anders. Ich bin einmal so. Wenn solch ein Mensch dabeisitzt, gehen mir die Worte nicht von der Zunge. Mit Ihnen plaudre ich gern, es macht mir Vergnügen. Wo war ich also stehen geblieben?

Petuschkow: Sie sagten, Sie seien eifersüchtig gewesen. Wie sind Sie dann mit Ihrer Frau auseinandergekommen?

Fedja: Ach …, *nachdenklich* … das ist eine merkwürdige Geschichte. Meine Frau ist wieder verheiratet.

Petuschkow: Sie sind geschieden?

Fedja: Nein *Lächelt*. Sie war Witwe geworden.

Petuschkow: Wie soll ich das verstehen?

Fedja: Ganz wörtlich: Sie war Witwe geworden. Ich existiere doch nicht mehr.

Petuschkow: Wieso denn?

Fedja: Na eben – so! Ich bin nicht mehr am Leben. Ich bin ein Leichnam.

Artemjew beugt sich weiter vor und spitzt die Ohren.

Sehen Sie nämlich … Ihnen kann ich's ja erzählen! Es ist schon eine ganze Zeit her, und meinen Namen kennt ja schließlich niemand, auch Sie nicht. Die Sache war also die: Als ich meine Frau bis zum Äußersten getrieben hatte, als alles durchgebracht war und sie es gar nicht mehr mit mir aushielt, da erschien ihr Beschützer auf der Bildfläche! Sie brauchen nicht gleich an etwas Schlimmes zu denken – nein, der Mann war mein Freund und ein sehr braver, lieber Mensch, nur in allem das gerade Gegenteil von mir. Und da in mir weit mehr Schlechtes als Gutes steckt, so war und ist er natürlich ein sehr guter Mensch: ein Ehrenmann, ein Mann von Charakter und von strenger Sittsamkeit, überhaupt ein tugendhafter Mensch. Er kannte meine Frau seit ihrer Kindheit, und er liebte sie, und als sie mich heiratete, trug er sein Schicksal mit Gelassenheit. Als ich dann aber schlecht zu ihr war und sie quälte, kam er häufiger zu uns. Ich selbst hatte es gewünscht. Sie fasste eine Neigung zu dem Jugendfreund, und ich war damals total verbummelt und lebte von ihr getrennt. Dazu kam noch die Sache mit Mascha. Ich machte ihnen selbst den Vorschlag, sie sollten sich heiraten. Sie wollten nichts davon wissen, doch ich trieb es immer ärger, und das Ende vom Liede, dass …

Petuschkow: Die alte Geschichte …

Fedja: Durchaus nicht – ich bin fest davon überzeugt, dass sie rein geblieben sind. Er ist ein Mann von religiöser Überzeugung und hält eine Ehe ohne den Segen der Kirche für Sünde. Sie verlangten, dass ich in eine Scheidung einwillige, ich sollte alle Schuld auf mich nehmen und dieses ganze verlogene Komödie mitmachen. Und das konnte ich nicht. Es wäre mir, weiß Gott, leichter gefallen, einen Selbstmord zu begehen, als zu lügen. Und ich war auch schon allen Ernstes dabei, als ein guter Mensch dazukam und zu mir meinte: »Warum das? Ist ja gar nicht nötig!« Na, und der hat dann alles arrangiert und den Abschiedsbrief expediert, und tags darauf fand man am Flussufer meine Kleider und darin meine Brieftasche nebst allerhand Schriftstücken.

Petuschkow: Man hat Sie doch aber nicht gefunden?

Fedja: Acht Tage später fischte man einen Leichnam auf, der schon recht stark verwest war. Man holte meine Frau und fragte sie, ob ich es sei, und sie sah kaum hin, vor lauter Aufregung wohl, und sagte: »Ja, er ist's.« Und dabei blieb es. Ich wurde begraben und sie heirateten sich und leben in Glück und Freuden. Na, und ich – ich lebe halt auch und trinke weiter. Gestern ging ich an ihrem Hause vorbei. Die Fenster waren hell erleuchtet, ein Schatten schwebte am Vorhang vorüber. Manchmal ist mir recht scheußlich zumute, und manchmal geht's. Am scheußlichsten ist's, wenn ich kein Geld habe. *Trinkt.*

Artemjew *tritt näher*: Mit Verlaub: Ich hab' ihre Geschichte gehört. Eine sehr nette Geschichte und vor allem sehr nützlich. Sie sagen, es sei scheußlich, wenn Ihnen das Geld ausgegangen ist. Und sie haben recht: Es gibt nichts Scheußlicheres. Aber Ihnen, in Ihrer Lage, sollte doch eigentlich nie das Geld ausgehen! Sie sind ein Leichnam – Sie können also …

Fedja: Erlauben Sie – ich habe die Geschichte nicht Ihnen erzählt, und ich wünsche Ihre Ratschläge nicht.

Artemjew: Und ich wünsche sie Ihnen trotzdem zu geben. Sie sind ein Leichnam – wenn Sie nun noch am Leben sind, was sind dann jene beiden, Ihre Frau und der betreffende Herr, die jetzt in Glück und Freuden leben? Bigamisten sind sie und gehören bestenfalls an irgendeinen nicht zu weit entfernten Ort in Sibirien.

Fedja: Ich bitte Sie, mich in Ruhe zu lassen.

Artemjew: Sie brauchen doch nur einen Brief zu schreiben. Oder wenn Sie wollen, schreibe ich ihn, Sie brauchen mir nur die Adresse zu geben. Sie werden mir noch dankbar sein, sag' ich Ihnen.

Fedja: Machen Sie endlich, dass Sie fortkommen. Ich habe Ihnen gar nichts erzählt.

Artemjew: Doch haben sie das! Der da ist Zeuge. Und auch der Kellner hat gehört, wie Sie sagten, dass sie ein Leichnam sind.

Kellner: Ich weiß von gar nichts.

Fedja: Halunke!

Artemjew: Ich – ein Halunke? Heda, Polizei! Hier riecht es nach Zuchthaus!

Fedja erhebt sich und will gehen. Artemjew hält ihn fest. Ein Polizist tritt ein.

Vorhang

Zehntes Bild

Efeuumrankte Terrasse eines Landhauses. Anna Dmitrijewna Karenina, Lisa, die schwanger ist, die Kinderfrau mit dem Kleinen.

Lisa: Nun ist er schon unterwegs von der Station.

Der Kleine: Wer?

Lisa: Papa.

Der Kleine: Papa kommt schon von der Station!

Lisa: C'est étonnant, comme il l'aime, tout-à-fait comme son père.

Anna Dmitrijewna: Tant mieux. Se souvient-il de son père véritable?

Lisa *seufzt*: Ich spreche mit ihm nicht davon. Ich sage mir, warum soll ich ihn verwirren? Und dann glaube ich wieder, es ihm doch sagen zu müssen. Wie denken Sie darüber, maman?

Anna Dmitrijewna: Ich denke, dass das eine Sache des Gefühls ist, Lisa. Höre auf diese Stimme, dein Herz wird dir schon zur rechten Zeit zuflüstern, was du ihm zu sagen hast. Welche versöhnende Wirkung übt doch der Tod aus! Ich gestehe, dass es eine Zeit gab, da mir Fedja, den ich ja noch als Kind gekannt habe, geradezu unangenehm war. Doch jetzt sehe ich ihn nur als den lieben Jungen vor mir, als Viktors Freund und als den leidenschaftlichen Menschen, der sich, wenn auch auf seine Art, die der Religion und den Sitten widerspricht, für diejenigen geopfert hat, die er liebte. On aura beau dire, l'action est belle … Ich hoffe, Viktor wird die Wolle nicht vergessen haben, ich bin gleich mit dem Knäuel zu Ende. *Strickt.*

Lisa: Da kommt er! *Man hört das Rollen von Wagenrädern und Schellengeläut. Sie erhebt sich und tritt an den Rand der Terrasse vor. Eine Dame kommt mit ihm –* ah, Mama! Wie lange ist's her, dass ich sie nicht gesehen habe! Geht nach der Tür.

Katrenin und Anna Pawlowna treten ein.

Anna Pawlowna *küsst Lisa und Anna Dmitrijewna*: Viktor hat mich getroffen und gleich mitgenommen.

Anna Dmitrijewna: Das war sehr vernünftig von ihm.

Anna Pawlowna: Ich sah ihn auf der Straße – ach, dachte ich, wer weiß, wann es sich wieder so trifft, und ohne lange zu überlegen, kam ich einfach mit. Wenn ihr mich nicht fortjagt, bleib' ich bis zum Abendzuge da.

Karenin *küsst seine Frau, seine Mutter und den Kleinen*: Denkt euch, welches Glück: Ich bin zwei Tage dienstfrei! Morgen muss es einmal ohne mich gehen.

Lisa: Das ist ja herrlich! Zwei Tage! Das ist schon lange nicht da gewesen. Wir machen eine Fahrt über Land, nicht wahr?

Anna Pawlowna: Wie ähnlich er ihm ist! Wie hübsch und wie keck! Wenn er nur seinen Charakter nicht erbt!

Anna Dmitrijewna: Ja, diese Schwäche!

Lisa: Ganz auffallend ist die Ähnlichkeit, in allem. Auch Viktor ist der Ansicht. Aber wenn er von vornherein richtig erzogen wird …

Anna Pawlowna: Ich kann das alles noch nicht begreifen. Jedes Mal, wenn ich mich seiner erinnere, sind mir die Tränen nahe.

Lisa: Uns geht es nicht besser – wie ist er in unserer Erinnerung gewachsen!

Anna Pawlowna: Ja, in der Tat.

Lisa: Alles schien uns eine Zeit lang so verzweifelt, geradezu unlösbar – und dann war es mit einem Schlage entschieden.

Anna Dmitrijewna: Hast du die Wolle mitgebracht, Viktor?

Karenin: Gewiss, gewiss. *Nimmt die Reisetasche und sucht darin.* Hier ist die Wolle, hier Eau de Cologne und hier die Korrespondenz. *Zu Lisa.* Ein amtliches Schreiben ist darunter, an deine Adresse. *Reicht ihr einen Brief.* Nun, Anna Pawlowna, wenn sie ein wenig Toilette machen wollen, begleite ich Sie. Auch ich muss mich etwas säubern, wir werden gleich zu Mittag essen. Das Eckzimmer unten ist doch für deine Mutter frei, nicht wahr, Lisa? *Lisa ist blass geworden, hält den Brief mit zitternden Händen und liest.* Lisa, was ist dir? Was steht da drin?

Lisa: Er lebt! Mein Gott, wann wird er mich endlich freigeben? Viktor, was ist das? *Bricht in lautes Weinen aus.*

Karenin *nimmt das Schreiben und liest*: Das ist furchtbar!

Anna Dmitrijewna: Was denn? So sprich doch!

Karenin: Das ist furchtbar. Er lebt und sie ist eine Bigamistin und ich ein Verbrecher. Dieses Schreiben ladet Lisa vor den Untersuchungsrichter zur Vernehmung …

Anna Dmitrijewna: Ein entsetzlicher Mensch! Warum hat er das getan?

Karenin: Alles Lüge, Lüge!

Lisa: Oh, wie ich ihn hasse! Ich weiß nicht, was ich rede …

Weinend ab. Karenin folgt ihr.

Anna Pawlowna: Er lebt? Wie ist denn das möglich?

Anna Dmitrijewna: Ich wusste es: Wenn Viktor erst in diesen Schmutz hinabsteigt, wird er darin versinken. Jetzt ist es soweit. Alles Betrug, alles Lüge!

Vorhang

Elftes Bild

Amtszimmer des Untersuchungsrichters. Der Untersuchungsrichter sitzt am Tisch und spricht mit Melnikow. Auf der Seite der Protokollführer, in den Akten blätternd.

Untersuchungsrichter: Ich habe ihr das nie gesagt. Sie hat es sich aus den Fingern gesogen, und nun macht sie mir Vorwürfe.

Melnikow: Sie macht dir keine Vorwürfe, sie fühlt sich wirklich tief verletzt.

Untersuchungsrichter: Nun gut, ich komme zum Mittagessen. Jetzt haben wir hier eine interessante Sache vor. Lassen Sie sie eintreten.

Protokollführer: Beide?

Untersuchungsrichter *raucht seine Zigarette weiter, hört auf zu rauchen und steckt die Zigarette weg*: Nein, zuerst Frau Karenin oder vielmehr Protasowa nach ihrem ersten Mann.

Melnikow *im Abgehen*: Ah, die Sache Karenin!

Untersuchungsrichter: Ja, eine ziemlich schmutzige Sache. Ich gehe eben erst an die Untersuchung des Falles, aber ich spüre schon: die Sache ist faul. Nun, auf Wiedersehen! *Melnikow ab. Lisa erscheint verschleiert, in Schwarz.* Wollen Sie gefälligst Platz nehmen. *Zeigt nach einem Stuhl.* Ich bedaure recht herzlich, Ihnen gewisse Fragen vorlegen zu müssen, aber unsereins ist leider durch die Amtspflicht gezwungen ... Beruhigen Sie sich nur bitte – Sie brauchen übrigens meine Fragen nicht zu beantworten. Nur meine ich, es ist für sie – wie überhaupt für alle Beteiligten – das Geratenste, die Wahrheit zu sagen. Es ist immer das Beste und sogar das Praktischste.

Lisa: Ich habe nichts zu verheimlichen.

Untersuchungsrichter: Umso besser. *Blickt auf das vor ihm liegende Aktenstück.* Ihr Stand? Ihre Religion? Diese Fragen habe ich schon ausgefüllt – es stimmt doch?

Lisa: Ja.

Untersuchungsrichter: Es wird gegen sie die Beschuldigung erhoben, dass Sie, obgleich Sie wussten, dass Ihr Mann noch lebt, doch einen anderen geheiratet haben.

Lisa: Ich wusste es nicht.

Untersuchungsrichter: Und weiterhin, dass sie, um sich von Ihrem Manne zu befreien, ihn durch Zahlung einer Geldsumme dazu zu bestimmen gewusst haben, dass er durch Vorspiegelung eines Selbstmordes einen Betrug beging.

Lisa: Alles das ist nicht wahr.

Untersuchungsrichter: Gestatten Sie mir nun einige Fragen. Haben Sie Ihrem Manne im Juli vorigen Jahres die Summe von zwölfhundert Rubel übersandt?

Lisa: Dieses Geld war sein Eigentum. Es war der Erlös für die Sachen, die ihm gehörten. Ich sandte es ihm, als ich mich von ihm getrennt hatte und die Einleitung der Scheidung von seiner Seite erwartete.

Untersuchungsrichter: So. Sehr interessant. Das Geld wurde ihm am siebzehnten Juli, das heißt zwei Tage vor seinem Verschwinden, übersandt.

Lisa: Es kann am siebzehnten Juli gewesen sein. Ich weiß es nicht mehr genau.

Untersuchungsrichter: Und wie kommt es, dass gerade um dieselbe Zeit die Betreibung der Sache beim Konsistorium aufhörte und das Ihrem Advokaten erteilte Mandat zurückgezogen wurde?

Lisa: Das weiß ich nicht.

Untersuchungsrichter: Und als Sie von der Polizei aufgefordert wurden, den aufgefundenen Leichnam zu rekognoszieren – wie kam es, dass Sie in dem Toten Ihren Gatten wiedererkannten?

Lisa: Ich war in einer solchen Aufregung, dass ich nach dem Toten gar nicht hinsah. Ich war so sehr davon überzeugt, dass er es war, dass ich zur Antwort gab, er scheine es zu sein, als man mich fragte.

Untersuchungsrichter: Sie haben sich ihn also nicht genauer angesehen, weil Sie sich in einer sehr begreiflichen Aufregung befanden. Ganz recht. Nun gestatten Sie mir einmal die Frage, warum Sie jeden Monat eine gewisse Summe nach Saratow schickten, nach der Stadt also, in der Ihr erster Mann sich aufhielt?

Lisa: Dieses Geld schickte mein Mann nach Saratow. Welche Bestimmung es hatte, weiß ich nicht, da ich darüber nicht unterrichtet war. Jedenfalls wurde es nicht an Feodor Wasiljewitsch geschickt. Wir waren fest davon überzeugt, dass er nicht mehr am Leben sei. Das kann ich Ihnen der Wahrheit gemäß versichern.

Untersuchungsrichter: Sehr gut. Gestatten Sie mir nur noch eine Bemerkung, gnädige Frau: Wir sind zwar Diener des Gesetzes, aber das hindert uns doch nicht, Menschen zu sein. Seien sie überzeugt, dass ich Ihre Lage vollkommen begreife und teilnahmsvoll zu würdigen weiß. Sie waren an einen Menschen gebunden, der ein Verschwender war, der Sie hinterging, der, mit einem Worte, die Familie unglücklich machte.

Lisa: Ich habe ihn geliebt.

Untersuchungsrichter: Gewiss – aber Sie hatten dabei doch auch den sehr natürlichen Wunsch, sich von ihm zu befreien, und Sie wählten diesen sehr einfachen Weg, ohne zu überlegen, dass sie sich dabei einer Handlung schuldig machten, die als verbrecherisch angesehen wird, nämlich der Bigamie. Ich kann Ihre Lage sehr wohl begreifen, und auch die Geschworenen werden ihr Rechnung tragen, und darum würde ich Ihnen raten, alles zu enthüllen.

Lisa: Ich habe nichts zu enthüllen. Ich habe niemals gelogen *Weint*. Ich bin wohl nicht mehr nötig?

Untersuchungsrichter: Ich würde sie bitten, noch hierzubleiben. Ich werde Sie nicht mehr mit Fragen behelligen. Wollen Sie gefälligst noch so lange verweilen, bis Ihnen das Protokoll über Ihr Verhör vorgelesen ist und Sie es unterschrieben haben. Es handelt sich nur darum, festzustellen, ob Ihre Antworten richtig wiedergegeben sind. Bitte, sich freundlichst dahin zu bemühen. *Zeigt nach einem Stuhl am Fenster. Zum Protokollführer.* Lassen Sie Herrn Karenin eintreten.

Karenin tritt ein, in strenger, feierlicher Haltung.

Untersuchungsrichter *zeigt nach dem Stuhl*: Bitte gehorsamst.

Karenin: Ich danke. *Bleibt stehen*. Womit kann ich dienen?

Untersuchungsrichter: Ich muss Sie verhören.

Karenin: In welcher Eigenschaft?

Untersuchungsrichter *lächelt*: In meiner Eigenschaft als Untersuchungsrichter; und sie werden verhört – in Ihrer Eigenschaft als Angeklagter.

Karenin: Wieso? Wessen bin ich angeklagt?

Untersuchungsrichter: Der Bigamie. Gestatten Sie übrigens, dass ich die Fragen der Reihe nach stelle. Nehmen Sie Platz.

Karenin: Ich danke.

Untersuchungsrichter: Ihr Name?

Karenin: Viktor Karenin.

Untersuchungsrichter: Ihr Stand?

Karenin: Kammerherr, Wirklicher Staatsrat.

Untersuchungsrichter: Alter?

Karenin: Achtunddreißig Jahre.

Untersuchungsrichter: Konfession?

Karenin: Rechtgläubig; unbestraft und noch nicht in Untersuchung gewesen. Nun?

Untersuchungsrichter: Ist Ihnen bekannt gewesen, dass Feodor Wasiljewitsch Protasow zu der Zeit, da Sie mit seiner Gattin die Ehe eingingen, noch am Leben war?

Karenin: Es war mir nicht bekannt. Wir waren beide davon überzeugt, dass er ertrunken sei.

Untersuchungsrichter: Nachdem die falsche Nachricht vom Tode Protasows verbreitet worden war, schickten Sie allmonatlich eine gewisse Summe nach Saratow. Für wen war dieses Geld bestimmt?

Karenin: Ich verweigere die Antwort auf diese Frage.

Untersuchungsrichter: Sehr gut. Zu welchem Zwecke übersandten sie an Herrn Protasow am siebzehnten Juli vorigen Jahres, kurz vor dem simulierten Selbstmord, die Summe von zwölfhundert Rubel?

Karenin: Das Geld war mir von meiner Frau übergeben worden.

Untersuchungsrichter: Von Frau Protasowa?

Karenin: Von meiner Frau. Ich sollte es an ihren Mann abschicken, sie betrachtete dieses Geld als sein Eigentum und hielt es, nachdem sie ihre Beziehungen zu ihm abgebrochen hatte, für unzulässig, es zu behalten.

Untersuchungsrichter: Nun noch eine Frage: Warum haben sie von jenem Zeitpunkt an die Scheidungsangelegenheit nicht mehr weiterbetrieben?

Karenin: Weil Feodor Wasijewitsch es übernommen hatte, die Sache seinerseits zu betreiben. Er hatte mir in diesem Sinne geschrieben.

Untersuchungsrichter: Besitzen sie seinen Brief noch?

Karenin: Der Brief ist verlegt worden.

Untersuchungsrichter: Sonderbar, dass gerade dasjenige Beweisstück verlegt ist, dass dem Gericht die Überzeugung von der Richtigkeit Ihrer Aussagen beibringen könnte.

Karenin: Haben Sie sonst noch eine Obliegenheit zu erfüllen?

Untersuchungsrichter: Mir liegt nur ob, meine Pflicht zu erfüllen, während Ihnen obliegt, sich zu rechtfertigen. Und ich rate Ihnen, was ich soeben auch Frau Protasowa riet: nichts zu verheimlichen, was vor aller Welt offenliegt, sondern den Hergang der Sache so zu erzählen, wie er war, umso mehr, als Herr Protasow ein umfassendes Geständnis abgelegt hat, das er voraussichtlich auch vor Gericht wiederholen wird. Ich rate Ihnen ...

Karenin: Ich würde sie bitte, sich ganz im Rahmen Ihrer Pflichterfüllung zu halten und Ihre Ratschläge zu sparen. Wir können wohl gehen?

Geht auf Lisa zu. Sie erhebt sich und nimmt seinen Arm.

Untersuchungsrichter: Es tut mir leid, dass ich Sie noch dabehalten muss. *Karenin wendet sich erstaunt nach ihm um.* Ich will Sie nicht etwa verhaften lassen, oh nein – obschon das möglicherweise die Feststellung der Wahrheit erleichtern würde. Ich will von dieser Maßregel Abstand nehmen. Ich möchte Sie nur mit Herrn Protasow konfrontieren und Ihnen Gelegenheit geben, ihn der Unwahrheit zu überführen. Wollen Sie gefälligst Platz nehmen. *Zum Protokollführer.* Rufen Sie Herrn Protasow herein.

Fedja tritt ein, schmutzig, verkommen.

Fedja *zu Lisa und Karenin gewandt*: Jelisaweta Andrejewna! Viktor! Ich bin nicht schuld. Ich habe das Beste gewollt. Und wenn mich eine Schuld trifft, dann vergebt mir, vergebt!

Verneigt sich tief vor ihnen.

Untersuchungsrichter: Ich bitte sie, auf meine Fragen zu antworten.

Fedja: Fragen Sie los.

Untersuchungsrichter: Ihr Name?

Fedja: Den wissen Sie doch!

Untersuchungsrichter: Antworten Sie gefälligst!

Fedja: Na also – Feodor Protasow.

Untersuchungsrichter: Stand? Konfession? Alter?

Fedja *nach kurzem Schweigen*: Wie Sie nur so überflüssige Fragen stellen können! Fragen Sie nach dem, worauf es ankommt, und nicht nach diesen Albernheiten.

Untersuchungsrichter: Ich bitte Sie, Ihre Ausdrücke vorsichtiger zu wählen und meine Fragen zu beantworten.

Fedja: Nun, wenn Sie sich nicht schämen, solche Fragen zu stellen, so vernehmen sie denn! Stand: Kandidat; Alter: vierzig Jahre; Konfession: rechtgläubig. Nun – weiter.

Untersuchungsrichter: Wussten Herr Karenin und Ihre Frau, dass Sie lebten, als Sie ihre Kleider am Flussufer niederlegten und sich selbst versteckten?

Fedja: Nicht das Geringste wussten sie. Ich wollte Selbstmord begehen, aber dann … doch das brauche ich hier nicht zu erzählen. Tatsache ist, dass sie gar nichts davon wussten.

Untersuchungsrichter: Sie haben aber vor dem Polizeibeamten eine ganz andere Aussage gemacht.

Fedja: Vor welchem Polizeibeamten? Ach, Sie meinen jenen, der bei mir im Asyl war? Da war ich betrunken und log ihm irgendetwas vor – was es war, weiß ich nicht mehr. Alles das ist Unsinn. Jetzt bin ich nüchtern und sage die volle Wahrheit. Sie haben nichts gewusst. Sie glaubten, ich sei nicht mehr am Leben. Und ich war froh, dass alles so ausging, und es wäre immer so geblieben, wenn nicht Artemjew, dieser Schuft, gewesen wäre. Wenn irgendjemand schuldig ist, dann bin ich es.

Untersuchungsrichter: Ich begreife sehr wohl, dass Sie großmütig sein wollen, aber das Gesetz verlangt Wahrheit. Warum hat man Ihnen Geld geschickt? *Fedja schweigt.* Sie haben durch Simonow das Ihnen nach Saratow geschickte Geld bekommen? *Fedja schweigt.* Warum antworten sie nicht? Es wird im Protokoll heißen: »Der Angeklagte verweigerte auf diese Frage die Antwort« – das kann Ihnen wie den beiden Mitangeklagten sehr schaden. Nun, wie wollen Sie es also halten?

Fedja *nachdem er eine Weile geschwiegen*: Empfinden Sie nicht, wie beschämend solche Fragen sind, Herr Untersuchungsrichter? Welchen Zweck hat es, so in fremden Angelegenheiten herumzuschnüffeln? Sie fühlen sich im Besitze der Macht und wollen sie dadurch zeigen, dass Sie

Leute, die tausendmal besser und ehrenwerter sind als Sie, dieser moralischen Folter unterziehen.

Untersuchungsrichter: Ich bitte sie ...

Fedja: Was gibt es da zu bitten? Ich sage, was ich denke, und Sie ... zum Protokollführer ... haben es niederzuschreiben. So wird doch endlich einmal solch ein Protokoll einen vernünftigen Inhalt bekommen. Mit erhobener Stimme. Zwischen uns, die wir hier vor Ihnen stehen, bestanden verwickelte Beziehungen – ein Streit des Guten mit dem Bösen, ein seelischer Kampf, von dem Sie sich keinen Begriff machen können. Dieser Kampf führte schließlich zu einer Katastrophe, die ihre Lösung fand. Alle Beteiligten waren mit dieser Lösung zufrieden, alle hatten sich beruhigt. Sie sind glücklich, sie lieben einander, und haben mich vergessen. Und ich war bei all meiner Verkommenheit darüber glücklich, dass ich getan, was ich sollte, dass ich kein Schurke war, dass ich aus dem Leben geschieden war, um denen nicht im Wege zu stehen, die voll des Lebens waren. Wir lebten alle drei weiter – bis plötzlich ein Schurke auf der Bildfläche erscheint, der mich zum Erpresser machen will. Ich heiße ihn seiner Wege gehen – und er geht zu Ihnen, dem Kämpfer für Recht und Gesetz, dem Hüter der Moral. Und Sie, der Sie an jedem Zwanzigsten des Monats Ihr Gehalt bekommen – zwanzig Kopeken für jede begangene Gemeinheit –, Sie werfen sich in Ihre Uniform und haben den Mut, sich über Leute, denen Sie nicht das Wasser reichen können, die Sie noch nicht einmal in ihr Vorzimmer einlassen würden, leichten Herzens lustig zu machen.

Untersuchungsrichter: Ich lasse Sie hinausführen …

Fedja: Ich fürchte mich vor niemand, denn ich bin ja ein Leichnam, und niemand kann mir etwas anhaben; schlimmer, als es mir schon geht, kann es mir nicht gehen. Immerzu also; lassen Sie mich abführen!

Karenin: Dürfen wir gehen?

Untersuchungsrichter: Unterschreiben Sie erst einmal das Protokoll!

Fedja: Wie lächerlich wäre es doch, wenn Sie nicht so widerwärtig wären!

Untersuchungsrichter: Ich verhafte Sie … er soll abgeführt werden.

Fedja *zu Karenin und Lisa*: Nochmals: verzeiht!

Karenin *tritt auf Fedja zu und reicht ihm die Hand*: Es hat wohl so kommen müssen …

Lisa geht an Fedja vorüber, der sich tief verneigt.

Vorhang.

Zwölftes Bild

Korridor im Gebäude des Bezirksgerichts. Im Hintergrund eine Glastür, vor der ein Gerichtsdiener steht. Rechts eine zweite Tür, durch die die Angeklagten in den Verhandlungssaal geführt wer-

den. Der Tür rechts nähert sich Iwan Petrowitsch Alexandrow, der sehr heruntergekommen aussieht. Er will durch die Tür eintreten.

Gerichtsdiener: Wohin? Das ist nicht gestattet. Zurück da!

Iwan Petrowitsch: Warum nicht gestattet? Das Gesetz lautet: »Die Sitzungen finden öffentlich statt.«

Man hört vom Saal her Beifallklatschen.

Gerichtsdiener: Es ist eben nicht gestattet, abgemacht. Es ist verboten.

Iwan Petrowitsch: Tölpel du weißt nicht, mit wem du sprichst.

Ein junger Advokat im Frack kommt heraus.

Advokat: Was wollen Sie? Sind Sie in den Prozess vorgeladen?

Iwan Petrowitsch: Nein, ich bin Publikum. Und der Tölpel da, der Zerberus, will mich nicht einlassen.

Advokat: Hier ist kein Eingang fürs Publikum. Warten Sie, die Pause wird gleich beginnen. *Will gehen, begegnet dem Fürsten Abreskow.*

Iwan Petrowitsch: Ich weiß wohl Bescheid, doch mich kann man ruhig auch hier hineinlassen.

Fürst Abreskow: Darf ich fragen, wie weit die Sache ist?

Advokat: Die Verteidiger haben das Wort. Petruschin spricht soeben.

Erneutes Beifallklatschen.

Fürst Abreskow: Nun, und wie ist die Haltung der Angeklagten?

Advokat: Ausgezeichnet. Namentlich Karenin und Jelisaweta Andrejewna halten sich vortrefflich. Man hat das Gefühl, als ob sie nicht vor Gericht stünden, sondern als ob sie zu Gericht säßen über die Gesellschaft. Diesen Grundton hält auch Petruschin in seiner Rede fest.

Fürst Abreskow: Nun, und Protasow?

Advokat: Er ist sehr aufgeregt. Er zittert förmlich am ganzen Leibe, doch das ist bei dem Lebenswandel, den er geführt hat, begreiflich. Seine Erregung hat etwas so Sonderbares. Mehrmals hat er den Staatsanwalt und die Advokaten unterbrochen; es ist so etwas Gereiztes in seinem Wesen.

Fürst Abreskow: Wie denken Sie über den Ausgang der Sache?

Advokat: Das lässt sich schwer sagen. Die Zusammensetzung der Geschworenen ist gemischt. Dass die Tat vorsätzlich begangen ist, wird man kaum annehmen, doch glaube ich immerhin … *Ein Herr kommt heraus, Fürst Abreskow geht auf die Tür zu.* Wollen Sie hinein?

Fürst Abreskow: Ja, ich möchte hinein …

Advokat: Sie sind Fürst Abreskow?

Fürst Abreskow: Ja.

Advokat *zum Gerichtsdiener*: Lassen Sie den Herrn eintreten! *Zum Fürsten Abreskow*: Gleich links, wenn sie in den Saal kommen, ist ein Stuhl frei.

Der Gerichtsdiener lässt den Fürsten Abreskow an sich vorübergehen. Die Tür geht auf, und man sieht den Redner im Saal.

Iwan Petrowitsch: Ja, die Aristokraten! Ich bin ein Aristokrat des Geistes, das ist etwas viel Höheres.

Advokat: Nun, entschuldigen Sie mich. *Geht rasch vorüber.*

Petuschkow *tritt ein*: Ah, guten Tag! Was machen Sie hier, Iwan Petrowitsch, wie weit ist die Sache?

Iwan Petrowitsch: Die Advokaten haben noch das Wort. Hinein dürfen Sie nicht.

Gerichtsdiener: Machen Sie keinen Lärm, Sie sind hier nicht im Wirtshaus.

Erneutes Beifallklatschen. Die Tür geht auf, die Advokaten und Zuschauer, Herren und Damen, kommen heraus.

Eine Dame: Wundervoll! So ergreifend! Ich war zu Tränen gerührt.

Ein Offizier: Spannender als irgendein Roman:. Ich begreife nur nicht, wie sie den Menschen so lieben konnte. Er macht eine zu jammervolle Figur.

Die zweite Tür öffnet sich; die Angeklagten treten heraus, voran Lisa und Karenin, die im Korridor auf und ab gehen; hinter ihnen Fedja, allein.

Eine Dame: Pst! Still da! Das ist er … Sehen sie doch, wie erregt er ist!

Geht mit dem Offizier vorüber.

Fedja *geht zu Iwan Petrowitsch*: Hast du ihn?

Iwan Petrowitsch: Da! … *Reicht ihm irgend etwas.*

Fedja *steckt den ihm gereichten Gegenstand in die Tasche, will gehen und sieht Petuschkow*: Dumm … fade … langweilig … sinnlos … *Will gehen.*

Petruschin *der Advokat, ein lebhafter, wohlbeleibter Herr mit roten Backen, tritt auf Fedja zu*: Nun, mein Lieber, unsere Sache steht famos, nur dürfen sie mir, wenn Sie dann zum Wort zugelassen werden, den Text nicht verderben.

Fedja: Ich will gar nicht sprechen. Was soll ich denn sagen? Nicht ein Wort sage ich.

Petruschin: Nein, sprechen müssen Sie. Haben Sie keine Angst, die Sache ist schon so gut wie durch. Wiederholen Sie nur das, was Sie neulich mir gegenüber äußerten: dass Sie den Selbstmord, das heißt eine Handlung, die nach bürgerlichem und kirchlichem Recht als Verbrechen gilt, nicht begangen haben.

Fedja: Ich werde gar nichts sagen.

Petruschin Ja, warum denn nicht?

Fedja: Weil ich nicht will. Sagen sie mir, wie kann schlimmstenfalls das Urteil lauten?

Petruschin: Ich sagte Ihnen bereits: schlimmstenfalls Verschickung nach Sibirien.

Fedja: Wer kann verschickt werden?

Petruschin: Bestenfalls Kirchenbuße und natürlich Auflösung der zweiten Ehe.

Fedja: Man will mich also wieder an sie – oder vielmehr sie an mich ketten?

Petruschin: So wird es wohl kommen. Aber regen Sie sich bitte darum nicht auf, und reden Sie nur, bitte, so, wie ich Ihnen sagte. Vor allem sagen sie nichts, was Ihrer Sache schaden könnte. Nun, es wird schon werden ... *Er bemerkt, dass sich Leute angesammelt haben und zuhören.* Ich bin etwas abgespannt und will mich ein Weilchen hinlegen. Ruhen auch Sie sich aus, solange die Geschworenen beraten. Vor allem keine Angst, verstehen Sie?

Fedja: Kann das Urteil nicht noch anders ausfallen?

Petruschin *im Abgehen*: Nein.

Gerichtsdiener: Gehen sie weiter, gehen sie weiter, bleiben sie nicht hier im Korridor stehen!

Fedja: Jetzt ist's Zeit. *Fedja zieht den Revolver aus der Tasche, schießt sich ins Herz und fällt nieder. Alle stürzen auf ihn zu.* Lasst nur ... alles ist gut ... wo ist Lisa?

Aus allen Türen kommen Zuschauer, Richter, Angeklagte, Zeugen herbei. Allen voran Lisa, hinter ihr Mascha, Karenin, Iwan Petrowitsch und Fürst Abreskow.

Lisa: Was hast du getan, Fedja? Warum das?

Fedja: Verzeih mir, dass ich dich nicht auf andere Art ... freigeben konnte. Nicht um deinetwillen war's ... sondern um meinetwillen. Mir ist wohler so ... Ich war ... schon längst reif.

Lisa: Man wird dich retten!

Ein Arzt neigt sich über ihn und horcht auf seinen Herzschlag.

Fedja: Ich weiß ... auch ohne Arzt ... Viktor, leb wohl! Und Mascha ... ist zu spät gekommen ... *Weint.* Wie wohl ... wie wohl ist mir! *Stirbt.*

Vorhang